David Asher

Arthur Schopenhauer. Neues von ihm und über ihn

David Asher

Arthur Schopenhauer. Neues von ihm und über ihn

ISBN/EAN: 9783743605718

Hergestellt in Europa, USA, Kanada, Australien, Japan

Cover: Foto ©Raphael Reischuk / pixelio.de

Weitere Bücher finden Sie auf **www.hansebooks.com**

Arthur Schopenhauer.

Neues von ihm und über ihn.

Von

Dr. David Asher.

Berlin.
Carl Duncker's Verlag.
C. Heymons.
1871.

Vorwort.

Wiederholte Anfragen nach den von mir zuerst im Jahre 1865 im seitdem eingegangenen „Deutschen Museum" veröffentlichten Briefen Arthur Schopenhauer's an mich haben mich zunächst veranlaßt, dieselben, natürlich auch mit der daselbst zu lesenden, mir unentbehrlich scheinenden „Vorbemerkung", als Separatschrift herauszugeben, um sie dadurch dem Publikum zugänglicher zu machen und ihnen eine selbstständige Existenz zu verleihen. Diese Gelegenheit glaubte ich benutzen zu dürfen, zugleich meine in den Briefen erwähnten größeren, in verschiedenen Zeitschriften zerstreut umherliegenden Artikel, denen die Ehre zutheil geworden, in Ueberweg's Geschichte der Philosophie (3. Theil, Berlin 1868) beachtet zu werden, als Beilage hinzuzufügen und in einem weiteren Anhange auch die über Schopenhauer laut gewordenen neueren Stimmen, ausländische sowohl wie deutsche, wenigstens andeutungsweise zu berücksichtigen. Möge das Büchelchen als Beitrag zur Kenntniß Schopenhauer's und zur Philosophie desselben bei dessen Freunden und Anhängern eine freundliche Aufnahme finden.

Leipzig, im September 1871.

Arthur Schopenhauer's Briefe an den Herausgeber, in den Jahren 1855—1860.

I.
Vorbemerkung.

Von Anhängern und Verehrern Schopenhauer's, die einzelne der nachstehend mitgetheilten Briefe gelesen haben, wiederholt aufgefordert, habe ich mich endlich dazu entschlossen, hier sämmtliche an mich gerichtete Briefe desselben zu veröffentlichen. Ich wäre mir dies eigentlich längst selbst schuldig gewesen; denn die von Lindner und Frauenstädt 1863 herausgegebenen Briefe Schopenhauer's haben mein Verhältniß zu ihm in ein der Wahrheit nicht entsprechendes Licht gestellt. Ich verweise auf die Briefe 48 und 68, S. 116, des Werkes: „Arthur Schopenhauer. Von ihm. Ueber ihn" (Berlin, 1863, Hahn). Aus dem „Aposteltchen" ist, wie man aus den nachstehenden Briefen ersehen wird, später der „active Apostel" geworden, den der Heimgegangene bis zum Ende seines Lebens mit einem Briefwechsel beehrt hat. Sollte man finden, daß es Schopenhauer dabei blos um die Befriedigung seiner Eitelkeit zu thun war, daß sie voll sind von Schmähungen anderer und vom Lobe seiner selbst, und die Bitte, ihm nur ja alles, was über ihn geschrieben, mitzutheilen, mit der Stetigkeit eines Refrains in ihnen sich wiederholt, so ist das nicht meine Schuld. Was mich betrifft, so fühlte ich mich hochgeehrt durch den brieflichen Verkehr mit ihm und habe diese Briefe stets als meinen höchsten Schatz, als wärmende und erheiternde Sonnenstrahlen, die in ein von schweren Prüfungen heimgesuchtes Leben fielen, betrachtet. Doch wozu es verhehlen? Erst die Gwinner'sche Biographie, zumal aber die von Frauenstädt veröffentlichten Briefe haben mich enttäuscht und mir die traurige Lehre beigebracht, daß bei Schopenhauer der Mensch von dem genialen Philosophen getrennt werden müsse. Hiermit soll nicht etwa die neuerdings mit so großem Scharfsinn und in so glänzender Darstellung ausgeführte Behauptung bestritten werden, daß das System der Ausfluß seiner Subjectivität gewesen,¹) wohl aber wird man nicht läugnen können, daß der ethische Theil desselben mit des Urhebers Handlungsweise nur wenig im Einklang steht. Immerhin jedoch werden die nachstehenden Briefe den Anhängern des Meisters willkommen sein, da sie ihn in jener Periode zeigen, wo seine Philosophie zu immer größerer Anerkennung gelangte, wo er nach so langer Nichtbeachtung die Jubelhymne anstimmte, und seine Weissagungen in Erfüllung zu gehen schienen. Zugleich ergänzen sie die Lücke, welche durch seinen 1856 erfolgten Bruch mit Frauenstädt entstand. Von da bis zu seinem Hinscheiden, im September 1860, schrieb er diesem nur noch ein einziges mal wieder (l. c. p. 711), während er mich gerade in jener Zwischenzeit am häufigsten mit seinen Briefen erfreute.

Selbstverständlich mußten die Briefe mit diplomatischer Genauigkeit wiedergegeben werden. Was die etwa zu befürchtende Kränkung vieler in denselben genannten Persönlichkeiten betrifft, so hat mich in diesem Punkte das von Lindner und Frauenstädt Veröffentlichte jeder Bedenklichkeit überhoben, da dieselben und ähnliche Invectiven schon in den Briefen an diese Herren vorkommen. Die Betheiligten werden sich unter den Umständen auch leicht zu trösten wissen. Was geradezu injuriös war, mußte natürlich wegfallen. Gern hätte ich auch die mich selbst betreffenden Stellen weggelassen, um nicht den Vorwurf der Eitelkeit auf mich zu laden; da ich aber neben dem mir gespendeten Lob auch den Tadel nicht vorenthalten habe, so gleicht es sich ja wieder aus. Uebrigens scheut sich ja niemand, die ihm von einem Fürsten gewordene Auszeichnung zur Schau zu tragen, und wenn ich nur einen kleinen Theil des zuweilen überschwenglichen Lobes verdient habe, wer könnte es mir verargen, wenn ich mich damit wie mit einem mir von einem Geistesfürsten verliehenen Orden schmückte?

Auch die von mir mitgetheilten Briefe des verstorbenen Freiherrn von Quandt werden ohne Zweifel mit großer Befriedigung von sämmtlichen Anhängern Schopenhauer's gelesen werden. Mir ist kein Schriftstück zu Gesicht gekommen, welches günstiger für den Menschen Schopenhauer spräche. Die Wärme, mit welcher der Freund über ihn sich äußert, ist das schönste, weil ganz uneigennützige Zeugniß, das ihm ausgestellt worden. In ihr spricht sich jene Liebe aus, die alle Vergehen bemäntelt. Solchem Beispiele nachzustreben, muß die Aufgabe eines jeden sein, dem das Andenken Schopenhauer's trotz allem theuer ist. D. A.

---

¹) Bezieht sich auf die zu jener Zeit eben erschienenen Schrift: Arthur Schopenhauer von R. Hahn, Berlin 1684.

1.

Geehrtester Herr Doctor!

Empfangen Sie meinen herzlichsten Dank für Ihr wohlgedachtes und mir so günstiges „Offenes Sendschreiben"[1]), welches mehr eine Belobung, als ein Angriff ist. Erwarten Sie jedoch nicht, daß ich auf die Controverse eingehe; weil ich dies überhaupt nicht thue, sondern meinem System überlasse, sich selbst zu rechtfertigen und sich durch die Welt zu schlagen, wie es kann: allenfalls mögen die Anhänger nachhelfen. Zudem bin ich allem Briefschreiben abgeneigt. Indessen will ich Sie auf einen Fehltritt aufmerksam machen, der Ihnen S. 12 zugestoßen ist, in der Anmerkung: die angeregte Stelle nämlich gehört keinem Scholastiker an, sondern dem Cicero. [2])

Es wird mich sehr freuen, wenn Sie Ihre verheißene ausführlichere Schrift zur Vollendung bringen; weil mir jede mit einiger Billigkeit geführte Diskussion meiner Sache willkommen ist.

Mit wahrer Hochachtung
Ihr ergebener Diener
Frankfurt a. M. d. 16. Juni 1855.   Arthur Schopenhauer.

2.

Geehrter Herr Dr. Asher!

Ihre mir wiederholt bewiesene Theilnahme macht, daß ich so frei bin, mich an Sie zu wenden, mit der Bitte um Auskunft über eine mir sehr interessante Begebenheit. Nämlich im Januar haben viele Zeitungen die Nachricht enthalten, daß die philos. Fakultät in Leipzig die Preisfrage gestellt habe, „eine Darlegung und Kritik der Schopenhauerschen Philosophie" zu liefern. Vergebens habe ich gehofft, im Leipz. Repertorio das Nähere darüber zu finden: auch Dr. Frauenstädt weiß nichts mehr, als eben jene Anzeige. Ihnen, werther Herr Doctor, der Sie an Ort und Stelle sind, kann es nicht schwer werden, die Nachrichten darüber einzuziehen, durch deren Mittheilung Sie mich sehr verbinden werden. Die Frage muß doch irgendwo in extenso und auch lateinisch zu lesen sein, vielleicht gedruckt, in welchem Fall ich bitte, mir solche unfrankirt

---

[1]) Mein damals in Leipzig erschienenes „Offenes Sendschreiben an Dr. Arthur Schopenhauer" (Dyk'sche Buchhandlung).

[2]) Die fragliche Stelle lautet nämlich bei Schopenhauer: „Omnis natura vult esse conservatrix sui." Das „vult" war es, was mich irremachte, und Schopenhauer, der zweifelsohne nach dem Gedächtniß citirt hatte, hatte sich seinerseits insofern geirrt, als das „vult" sich nicht beim Cicero vorfindet. Bei diesem heißt es: „Non dubitemque dicere, omnem naturam esse conservatricem sui." (De Finibus, V. 9.)

zu übersenden [1]); oder wenigstens am schwarzen Brett, wo Sie dann wohl die Güte haben werden, die wenigen Zeilen für mich abzuschreiben. Vielleicht ist Ihnen auch mündlich Einiges darüber bekannt geworden, betreffend den eigentlichen Humor der Sache. Ich vermuthe keine wohlwollende Absicht dabei; da ich den Herbartianern jener Fakultät verhaßt bin. Thut nichts, bin auch so erfreut darüber.

Hoffnungsvoll auf Ihre Gefälligkeit blickend, verbleibe mit großer Hochachtung

Ihr ergebener Diener

Frankfurt a. M. d. 6. Jan. 1856.   Arthur Schopenhauer.

3.
Werther Herr Doctor!

Empfangen Sie meinen herzlichen Dank für das mir übersandte Journalheft[2]), und noch mehr für Ihren darin enthaltenen Aufsatz, welcher mir viel Freude gemacht hat; zumal gerade dieser Theil meiner Lehre, auf den ich besonderen Werth lege, bis jetzt fast gar nicht besprochen worden ist; nämlich, so viel ich weiß, bloß von Noak, vor ungefähr 5 Jahren, in einer Metaphysik [3]) (habe den Titel vergessen) auf einer halben Seite, aber so koncis, daß Alles darin enthalten ist, — ein besonderes Kunststück. Sie haben im Ganzen Alles geleistet, was auf dem beschränkten Raum möglich war: ein Paar Seiten mehr hätten der Sache gut gethan. Besonders hätte ich gewünscht, daß Sie deutlich angegeben hätten, was ich unter Ideen verstehe, nämlich bloß die Platonischen, die beharrenden Formen der vergänglichen Naturwesen; und daß Sie nicht [S. 191 [4])] von der Idee im Singular geredet hätten, als welches die Leute irre macht, indem sie gleich auf ihre alten, nebelhaften Flausen gerathen.

Ich glaube, ich habe Ihnen noch nicht gedankt für das mir übersandte

---

[1]) Was auch geschah. S. den folgenden Brief.
[2]) Dr. F. Brendel's „Anregungen für Kunst, Leben und Wissenschaft"; Bd. 1. Heft 4. Siehe Beilage A.
[3]) Vielleicht meinte er dessen „Die Theologie als Religionsphilosophie" (1853). Nur würde dann das Folgende nicht mit dem übereinstimmen, was er in seiner „Senilia" darüber bemerkt hat. Dort heißt es nämlich: „L. Noak, in seinem Buche „Die Theologie als Religionsphilosophie" 1853, trägt auf den ersten 20 Seiten meine Metaphysik und Naturphilosophie ganz unzusammenhängend vor, wobei er sich sogar meiner Ausdrücke bedient, übrigens jedoch im ekelhaften Hegel-Jargon redet: — dabei bin ich im ganzen Buche nirgends erwähnt." Vgl. „Arthur Schopenhauer. Von ihm. Ueber ihn. Von E. O. Lindner und J. Frauenstädt." (Berlin, 1863; A. W. Hayn, S. 581, Anmerkung.)
[4]) „Die Kunst", sagte ich, „geht von der Idee aus."

Programm mit der Preisfrage [1]); welches freilich auf diese wenig Licht wirft. Ein mich besuchender Leipziger Student hat mir gesagt, daß die Anregung dazu in dem phil. Konversatorio des Prof. Weiß entstanden sei, indem die Studenten dort über meine Phil. disputirt hätten.

Mit nochmaligem Dank für Ihre Thätigkeit in Verbreitung meiner Lehre verbleibe

Ihr ergebener Diener

Frankfurt a. M. d. 20. Juli 1856.   Arthur Schopenhauer.

PS. Ich habe im Obigen vergessen hinzuzufügen, daß ich sehr zufrieden bin mit dem was Sie über meine Philosophie überhaupt vorangeschickt haben, namentlich mit Ihrer Darlegung der großen Fundamental-Differenz zwischen mir und allen andern Philosophen (p. 191[2]). Es ist wahrlich zu verwundern, daß man über das Grundverhältniß unsers eignen Wesens, daran so vieles Andere hängt, Jahrtausende hindurch hat im Irrthum seyn können; während jeder Unbefangene und nur irgend Urtheilsfähige, nach meiner Ueberzeugung, erkennen muß, daß es sich damit umgekehrt, als angenommen wurde, verhält.

4.

Werther Herr Doctor Asher:

Empfangen Sie meinen herzlichen Dank für die mir mitgetheilte Nachricht [3]), welche mir durchaus neu war. Mich freut die Sache, wenn ich gleich weiß, daß ein Candidatus theologiae meiner Philosophie im Ganzen nicht beistimmen darf. Ich wünsche und hoffe, die Arbeiten gedruckt zu sehen.

Schon wieder in England gewesen! Ja, wenn man jung ist! — Vor allen Dingen will ich Ihnen noch nachträglich die Versicherung geben, daß, so Viele auch schon über meine Philosophie geschrieben haben, noch Keiner das eigentliche Grundverdienst derselben so deutlich und bestimmt hervorgehoben hat, wie Sie in Ihrem Aufsatz über meine Musik, S. 190. 191. [4]) — Dies ist keine Schmeichelei, sondern trockne Wahrheit, die mir bei nochmaliger Durchlesung eingeleuchtet hat. Nur besorge ich, daß jene Zeitschrift nur eine sehr beschränkte Cirkulation hat.

Sehr gern ersehe ich, daß Sie einen Artikel über meine Prioritäts-

---

[1]) Sie lautete: „Darlegung und Kritik der Principien der Schopenhauer'schen Philosophie.

[2]) S. Beil. A.

[3]) Ich hatte ihm mitgetheilt, daß dem damaligen Cand. theol. und jetzigen Professor Dr. Rudolph Seidel der Preis, und einem zweiten Studenten, dessen Namen ich damals noch nicht ermittelt hatte, für die von ihnen eingegangenen Arbeiten, seine Philosophie betreffend, das Accessit, zuerkannt worden war.

[4]) Vgl. die Anmerkungen zum vorigen Briefe.

frage geschrieben haben.¹) Ich habe meine Meinung darüber abgegeben in „Parerga" Bd. 1. S. 124. 25 und hoffe ich, daß Sie dieses berücksichtigt haben. ²) Sollte es Ihnen entgangen seyn; so wäre vielleicht noch Zeit, es nachzuholen. Gerade jetzt, wo man von allen Seiten sich bemüht, mich herunter zu schreiben, hat man mir auch diese Schelling'sche Priorität wieder aufgemutzt, obgleich schon Hillebrand in seiner „Geschichte der deutschen Literatur" ³) die Ungerechtigkeit des Vorwurfs anerkannt hat. Aber da kommt ein Theolog Fricke in den „Blättern für litter. Unterhaltung ⁴), vor Kurzem, sucht mich auf alle Weise zu verunglimpfen und bringt wieder jene Schelling'sche Stelle zu Markte, von der ich Alles haben soll. Ebenfalls Weiße, der schon, in eben jenem Journal⁵), in seiner Recension der Schelling'schen neuen Auflage, mir sogar meine Klarheit zum Vorwurf gemacht hat, kommt in der „Protestantischen Kirchenzeitung", Nr. 38, nochmals auf mich, sagt alles Schlechte von mir und macht mich gar zum Schellingianer. Die Quelle seines Ingrimms aber ist, daß er im vorletzten Herbst mir Visite gemacht hat und nicht angenommen worden ist. Da heißt's Μῆνιν ἄειδε, Θεά. Wahrscheinlich ist es auch deshalb, daß er mir „Herzlosigkeit" vorwirft.

Cornill's Buch ⁶) ist keineswegs boshaft: er sagt mir sogar viel Gutes nach. Aber der gute Mensch hat nichts gelernt und darum versteht er wenig. Er hat gar keine Kantische Philosophie inne, spricht daher als unschuldiger, naiver Realist, und wenn er dann bei mir, wie es nicht anders seyn kann, auf Manches stößt, das er nicht begreift und zusammen reimen kann, da schreit er über Widerspruch und belegt dies durch allerlei hier und dort abgerissene Stellen. Widerspruch einem Autor vorwerfen, heißt sagen, daß er ein Pinsel ist, der nicht weiß, was er redet. Daher soll man Widerspruch nie eher annehmen und behaupten, als bis gar keine Möglichkeit ist, die Sache auszulegen. Mir ist oft meine strenge Konsequenz nachgerühmt worden. Wenn er nur erst etwas Ordentliches gelernt hat, werden die Widersprüche von selbst verschwinden.

¹) Der Art.: „Nochmals Schelling und Schopenhauer" überschrieben, erschien etwas später in den „Blättern für literarische Unterhaltung" (Nr. 50, 1856).
²) Das war bereits in meinem „Sendschreiben" (S. 8) geschehen.
³) „Die deutsche Nationalliteratur seit Lessing bis auf die Gegenwart". Bd. 3, S. 385.
⁴) Ich habe den betreffenden Artikel vergebens dort gesucht.
⁵) Nr. 28 und 29 (10. und 17. Juli) 1856.
⁶) „Arthur Schopenhauer als Uebergangsformation von einer idealistischen in ein realistische Weltanschauung, von Adolf Cornill." Heidelberg 1856. Vgl. die Briefe an Frauenstädt, S. 694 u. 697.

Zu Ihrem hebräischen Funde ¹) will ich Ihnen eine Parallele geben. Schon 1855 hatte ich in der „Times" gelesen, daß Max Müller (in seiner Einleitung zum „Rig Veda", den er, Text und Noten, 1854 edirt hat, oder auch in seinem small essay, so nennen es die „Times" on the Veda and the Zend-Avesta) gesagt hat: „*Brahm* means originally force *will, wish,* and the propulsive power of creation. ²)

Der Buchhändler Frisch, Artaria's Nachfolger, hat sich unglaubliche Mühe gegeben, mir den small essay zu verschaffen: aber er existirt nicht als solcher, sondern steht in Bunsen's Englischem „Hippolytus", — der mir nicht zugänglich ist. Sie werden dort besser Gelegenheit haben, als ich in meinem Abdera. Make the best of it. — Man wird auch dadurch an das Italiänische bramare, heftig wünschen, erinnert.

Mit den besten Wünschen

            Ihr ergebener Diener
Frankfurt a. M. d. 12. Nov. 1856.   Arthur Schopenhauer.

5.

Werther Herr Dr. Asher!

Herzlichen Dank für Ihre abermalige Zusendung, die mir sehr interessant ist, und werden Sie durch ähnliche mich allezeit erfreuen. (Sie

---

¹) Ich hatte ihm geschrieben, daß auch Schelling auf die Idee gekommen, mit der ich es gewagt, mich zuerst an ihn zu wenden: daß nämlich dem hebräischen אב (Vater) die Wurzel אבה (wollen) zum Grunde liege. „Die Wurzeln der semitischen Sprachen sind Zeitwörter und zwar regelmäßig zweisilbige, aus drei Radicalen bestehende (auch bei den in der Aussprache einsilbig gewordenen stellt sich der ursprüngliche Typus in einzelnen Formen wieder her). Dieser Anlage der Sprache gemäß kann man nicht vermeiden, das Wort, das im Hebräischen Vater bedeutet, auf ein Zeitwort zurückzuführen, das begehren, verlangen ausdrückt, also zugleich den Begriff der Bedürftigkeit enthält, der in einem von ihm abgeleiteten Adjectiv auch zum Vorschein kommt." S. Schelling's „Sämmtliche Werke." Abth. 2, Bd. 1; auch unter dem speciellen Titel: „Einleitung in die Philosophie der Mythologie." (Stuttgart und Augsburg; Cotta 1856, S. 61.)

²) (Brahm bedeutet ursprünglich Kraft, Wille, Wunsch und die treibende Schöpfungskraft). Eine ähnliche Stelle ist zu finden in Max Müller's „A History of Ancient Sanscrit Literature" (Williams u. Norgate, London 1859, S. 564), wo er eine Uebersetzung einer Hymne aus der 10. Mandala mittheilt, die mit dem Verse schließt: „Then first came Love upon it." (Damals zuerst trat die Liebe hinzu.) Und der verstorbene Professor Wilson bemerkte hierzu (in der „Edinburgh Review", Nr. 228, 1860, S. 384): „The word (love) is kama, which means desire, wish; and it expresses here the wish, synonymous with the will of the sole existing Being to create." („Das Wort [love] ist Kama, was Verlangen, Wunsch bedeutet; es drückt hier den Wunsch, als gleichbedeutend mit dem Willen des einzig existirenden Wesens aus, seine Schöpferkraft zu äußern.)

brauchen nichts zu frankiren.) Mit Ihrem Aufsatz in den „Litt. Blättern"¹) bin ich sehr zufrieden, kann jedoch nicht umhin, Ihnen ein Paar kleine Bemerkungen zu machen:

1) Ich hätte gewünscht, daß Sie darauf hingewiesen hätten, daß Alles, was Schelling in Vorlesungen oder sonst seit 1818 gesagt haben mag, hinter mir liegt, d. h. nach mir gekommen ist; weil mein Hauptwerk in der ersten Aufl. im Novbr. 1818 erschienen ist, mit der Jahreszahl 1819. Bloß seine Abhdlg. u. b. Freiheit 1809 liegt vor mir.

2) Bei Weiß (sic) haben Sie gerade Das ungerügt gelassen, was ich Ihnen bemerklich gemacht hatte, nämlich daß er geradezu die Klarheit meines Vortrags tadelt und verspottet: Das koste, meint er, wenig Mühe, zu verstehen, und eben diese Popularität wäre die Ursache meiner Successe. — Hierdurch begeht er gerade die Ungebühr, welche der Spanier Yriarte in der 42. seiner vortrefflichen und in ihrer Art einzigen Fabulas literarias verspottet, die Schluß-Moral so aussprechend

Si; que hai quien tiene la hinchazon por mérito,
Yel hablar liso y llano por d'émerito.

(„Ja, es giebt Leute, welche den Schwulst für ein Verdienst, und die einfache, plane Rede für einen Fehler halten.")

Der Weiß hat diesen seinen Tadel in einer Anmerkung unter der Seite ausgesprochen, die Sie vielleicht übersehen haben. Fänden Sie Gelegenheit, ihm Dies irgendwo noch nachträglich einzureiben und obigen Spanischen Pfeffer darauf zu streuen; so würde mich das sehr freuen.

Der Empfänger des Accessit ist wahrscheinlich der Sohn des Professors (an der Kunst-Akademie zu Dresden) Bähr, welcher ein höchst eifriger Anhänger meiner Philosophie ist, mich schon in 2 Sommern besucht hat, und letzten Sommer kam auch sein Sohn, der als Student von Leipzig nach Heidelberg überzog und mir sagte, er wolle die Preisfrage beantworten. Nur ist er (wenn ich nicht sehr irre) Stud. juris, während auf dem Programm Stud. phil. steht. Seine Beantwortung möchte ich gedruckt sehen²); da sie gewiß das Gegengift der von Seydel sein wird, deren Inhalt ich daraus abnehme, daß Weiß ihr einen Verleger verschafft.

Ihr 2. Musikstück in den „Anregungen"³) hoffe ich bald zu sehen,

---

¹) Vgl. Anmerkung 1. S. 278.
²) S. den folgenden Brief.
³) Der Artikel, der als Fortsetzung des mehrfach erwähnten über Schopenhauer's Ansicht über Musik anzusehen ist, erschien erst nach Schopenhauer's Tode im Novemberheft des Jahres 1860 der „Anregungen von F. Brendel und A. Pohl" (Leipzig, Merseburger). S. Beilage A.

voraussetzend, daß Sie bei einem noch auf Kinderbeinen wankenden Journal nicht auf Honorar bestanden haben werden.

Ihr aufrichtig ergebener

Frankfurt a. M. d. 15. Dec. 1856. Arthur Schopenhauer.

6.

Herzlichen Dank, mein werther Herr Dr. Asher, für Ihr schönes und glorioses Gedicht![1]) Es ist mir Gestern (sic) zugestellt worden von demselben Jüngling, der mir an meinem Geburtstage Ihre Gratulationskarte überbracht hat. Auch Ihren Brief hat er mir vorgelesen. Daß Dr. Sattler das Gedicht nicht hat abdrucken wollen, weil es „zu polemisch sei", beweist, daß er ein Philister ist: das Gedicht polemisirt gegen niemanden direct, sondern klagt blos über das mir widerfahrene Unrecht, sich ganz im allgemeinen haltend. Wenn alle so peinlich wären, so hätten wir keinen Aristophanes, noch Persius, noch Rabener, noch Goethische Xenien u. s. f. Er ist ein peinlicher Erzphilister: put him down as such. Noch ein anderes, recht gutes Gedicht habe ich an meinem Geburtstage, nebst einem prachtvollen Blumenstrauß (im Februar) erhalten, von unbekannter Hand, und manche Zeichen der Theilnahme aus Nähe und Ferne, z. B. einen Aufsatz über meine geometrischen Lehren von Dr. Bahnsen expreß im 21. Februarstück der „Schulzeitung für Holstein, Schleswig und Lauenburg" gedruckt; einen Brief aus Harlem in Holland, der nach meinem Porträt verlangt, indem er das vorhandene nicht kennt. Ich werde jetzt von zweien Malern zugleich gemalt, in derselben Sitzung, von Luntenschütz, der sein zweites Bild vollendet, und von Göbel, dem berühmtesten und besten hiesigen Maler. Das wird alles nachher gestochen werden. Man merkt, daß es Zeit ist, wegen des 70. Jahrs. Aber es hat noch gute Wege: ich bin voll Kraft und Gesundheit.

Es freut mich, daß Sie Ihren 2. Artikel[2]) in die „Anregungen" gegeben haben, bedauere nur, daß er kurz ist. Das Buch von Bähr[3]) ist über alle Erwartung gut, vortrefflich, nicht zu begreifen, wie ein so junger Mann das hat machen können. Er hat Kanten und mich vollkommen verstanden und sich angeeignet von Grund aus. Auf das

---

[1]) Ich hatte ihm ein Gedicht zu seinem Geburtstag gewidmet und es zur Aufnahme in das „Frankfurter Conversationsblatt" bestimmt. Da diese verweigert wurde, so schickte ich Schopenhauer eine Abschrift davon.

[2]) Den im vorigen Briefe erwähnten.

[3]) „Die Schopenhauer'sche Philosophie in ihren Grundzügen dargestellt und kritisch beleuchtet, von C. G. Bähr" (Dresden, P. Kuntze, 1857).

Seydel'sche bin ich begierig; er zögert, vielleicht wird ihm beim Anblick des Bähr'schen bange, das Publikum möchte anders urtheilen, als die Facultät, der es genügte, daß er wider mich ist:

> Wohlan Herr Doctor frisch,
> Heraus mit eurem Flederwisch.

Jedenfalls wird es gegen Bähr zurückstehen. Meinen herzlichsten Gruß. Frankfurt a. M. d. 16. März 1857. Arthur Schopenhauer.

7.

Herzlichen Dank, mein werther Herr Dr. Asher, für Ihre mannich= faltigen und interessanten Nachrichten. Seydel's Buch[1]) ist über alle Er= wartung elend: Widersprüche aufsuchen ist die gemeinste und von allen St— geübte Art, ein Buch und System zu kritisiren: sie blättern blos hin und her, bis sie Sätze finden, die aus dem Zusammenhang gerissen nicht zu einander reimen. Diese Methode aber beweist zu viel, nämlich nicht blos, daß ich Unrecht habe, sondern daß ich ein Pinsel bin, der nicht weiß, was er redet, da ich ja bei jedem Schritt gegen das erste Denkgesetz verstoße. Der Cornill[2]) hat auch diesen breit getretenen Weg eingeschlagen, auf dem man allezeit lauter L— begegnet. Wer ein philosophisches System umstoßen will, muß es ganz fassen, tief darauf eingehen und dann die Grundgedanken als falsch nachweisen. — Aber Seydel hatte seine Aufgabe wohl begriffen: es war blos darauf abgesehen, daß ich heruntergerissen würde, gleichviel wie, fas & nefas. Dafür hat er richtig seine goldene Medaille und noch ein Diplom dazu erhalten, und die Fakultät hat sich ....., indem sie diese Sudelei krönte und Bähr's vortreffliches Buch leer ausgehen ließ. Das Pu= blikum (welches hierbei schon höherer Art ist) wird anders urtheilen, als die Fakultät, und zugleich erwägen, wie diese das ihr zur Aufmun= terung der Talente übergebene Gold anwendet. Mir gereicht die ganze Historie zu neuer und weiterer Verbreitung meines Ruhms. — In zwei Dingen hat der Seydel ganz besondere Dummheit bewiesen: 1) daß er von vornherein die böse Intention, und den Vorsatz, mich schlecht zu machen, zur Schau trägt: wer wird ihm da trauen? — 2) daß er eine Parabel von mir lobt, die er gar nicht versteht und ganz falsch aus= legt — als Theobicee[3])! Jeder Mensch von gesundem Verstand wird sie verstehen und sehen wer Seydel ist!

---

[1]) „Schopenhauer's philosophisches System, dargestellt und beurtheilt von Rudolph Seydel. Gekrönte Preisschrift." (Leipzig, Breitkopf u. Härtel, 1857.)
[2]) Vgl. den vierten Brief, Anmerkung 6.
[3]) Hier hat Schopenhauer dem Verfasser Unrecht gethan. Seydel sagt: Schopen-

Die Nachricht aus Danzig hat mich herzlich gefreut.¹) — Was Sie über den Gebirol sagen²), finde ich fast ebenso, nur ausführlicher, im Centralblatt vom 11. Juli, sobaß ich glauben würde, diese Recension sei von Ihnen: aber sie ist B. B. unterschrieben, auch ist mir nicht bekannt, daß Sie für dies Journal schreiben. Jedenfalls steht sie mit Ihnen in Verbindung.³) Ich möchte wohl das Buch sehen, um zu ermessen, wie weit eine Uebereinstimmung mit mir darin geht. Aber noch mag ich es nicht kommen lassen; wir werden wohl noch mehr davon hören: vielleicht kauft es hier die Bibliothek. Mir ist alles Hebräische und Islamische eigentlich antipathisch.

Meine Biographie will ich nicht schreiben, noch geschrieben wissen.⁴) Die kleine Skizze, die ich dem Erdmann auf Verlangen gemacht, die auch Frauenstädt wiedergegeben hat, und zwei ähnliche in Mayer's Conversations-Lexikon in Hildburghausen und Pierer's Real-Lexikon ge-

---

bauer habe „die Wahrheit, daß das Böse um des Guten willen da sei, auch durch eine schöne Parabel" (er bezieht sich auf die von der Oasis und der Wüste „Parerga" II, §. 390 der ersten oder §. 406 der zweiten Auflage) „erläutert", und nehme an vielen Stellen, namentlich der „Parerga" (II §. 152, 171, 173, 181 der ersten Auflage) den Anlauf zu einer Theodicee.· Die Auslegung der Parabel nun ist zwar unrichtig, denn Schopenhauer wollte damit nur die traurige Einsamkeit des Genies unter den es umgebenden untergeordneten Geistern beleuchten, doch läßt sie immerhin auch Seydel's, viele gewiß ansprechendere Deutung zu, und keinesfalls hat er sie, sondern die nachbezeichneten Paragraphen „als Theodicee" ausgelegt.

¹) Ich hatte ihm mitgetheilt, daß Herr Dr. Stein aus Danzig (Schopenhauer's Vaterstadt) mich besucht und mir erzählt hatte, daß ein Mitglied des literarischen Vereins daselbst einen Vortrag über sein System gehalten habe.

²) Ich schrieb ihm: „Das Wichtigste und Interessanteste aber, was ich Ihnen mitzutheilen habe, ist die Entdeckung, die ich gemacht, daß Sie in dem berühmten Dichter und Philosophen Salomon Ibn Gebirol, dessen „fons vitae" der Orientalist S. Munk soeben in Auszügen (in seinen „Mélanges de Philosophie Juive et Arabe". Première Livraison. Paris, A. Frank, 1857) veröffentlicht hat (auch ein Dr. Seyerlen thut jetzt dasselbe nach einem andern Manuscript in Bauer und Zeller's „Theologischen Jahrbüchern", wie Ihnen wahrscheinlich bekannt) einen Vorgänger gefunden haben. Schon 1846 hatte Munk diesen Gebirol mit Avicebron identificirt, und es ist nun ausgemacht, daß jene Schrift „de materia universali" von ihm herrührt und mit der „fons vitae" betitelten identisch ist."

³) Das war nicht der Fall. Der Verfasser der betreffenden Recension war mein väterlicher Freund und Lehrer, der verewigte Dr. Bernhard Beer, dem ich auch den Besitz der „Mélanges" verdanke. Er theilte mir einfach mit, daß er das Buch sowohl im „Centralblatte" als auch in Frankl's „Zeitschrift für die Wissenschaft des Judenthums" (dort ausführlicher) besprechen werde.

⁴) Ich hatte ihn gefragt, ob er bereits jemanden die Erlaubniß ertheilt hätte, seine Biographie zu schreiben.

nügt. Mein Privatleben will ich nicht der kalten und übelwollenden Neugier des Publikums zum Besten geben.

Der Ihrige

Frankfurt a. M., d. 15. Juli 1857.   Arthur Schopenhauer.

8.

Werthgeschätzter Herr Doctor!

So gern ich auch Ihnen gefällig sein möchte, kann ich mich doch nicht dazu verstehn, ein langes M. S. zu lesen[1]) und zu begutachten, als welches ein Corvé ist und ich im 70. Jahre, also in dem Alter bin, in welchem man von allen Corvéen sogar gesetzlich dispensirt ist. Ich habe des Gedruckten, sogar auch des Eingesandten, mehr vor mir, als ich bewältigen kann, — und nun gar Geschriebenes! — Das M. S. bleibt also zu Ihrer Disposition. — Ueber die Verlegernoth trösten Sie sich mit mir, der ich das M. S. der Parerga dreien Verlegern umsonst angeboten habe und abgeschlagen wurde; — worauf Frauenstädt es dem Hain (sic) übergab, und gratis.[2])

Auf den Credit Ihres Artikels in den Blättern für literarische Unterhaltung[3]) habe ich den Gebirol kommen lassen und gelesen: es ist ein grausam langweiliges Buch, welches hauptsächlich daher kommt, daß man nie recht weiß, wovon er eigentlich redet, da er es immer mit seinen eigenen entia rationis vorhat. Allerdings kann er als mein Vorgänger angesehen werden, da er lehrt, daß der Wille Alles in Allem ist, thut und macht: damit ist aber auch seine ganze Weisheit zu Ende: denn er lehrt es nur so in abstracto und wiederholt es 1000 Mal. Zu mir verhält er sich wie ein Nachts unter dickem Nebel leuchtender Glühwurm zur Sonne. Nichtsdestoweniger hat er doch die richtige Einsicht gefaßt, sogar p. 7 auch das Dasein der objectiven Welt blos in der Erkenntniß des Subjects[4]), nur daß er in der Dumpfheit und Ar-

---

[1]) Ich hatte ihn um seine Begutachtung meiner nachmals erschienenen Schrift: „Ueber den religiösen Glauben" gebeten.

[2]) Vgl. Schopenhauer's „Briefe an Frauenstädt", S. 499.

[3]) Nr. 33, 1857. Die dortige Notiz sollte nur als vorläufige Anzeige dienen. S. den folgenden Brief.

[4]) Die Stelle lautet bei Munk (ut supra): „Si tu étudies la science de l'âme, tu connaîtras sa supériorité, sa permanence et sa faculté de tout environner, de manière que tu seras étonné de sa substance, lorsque tu la verras, du moins en quelque sorte, porter toutes les choses. Tu sentiras alors que toi-même tu environnes tout ce que tu connais des choses qui existent, et que les choses existantes que tu connais subsistent en quelque sorte dans toi-même. En te sentant ainsi toi-même environner tout ce que tu connais, tu verras que

muth bleibt. Freilich ist es seiner Zeit und Lage anzurechnen: — und dann die zweifache Uebersetzung¹) schwächt's ab.

Schelling's Mythologien zu lesen fällt mir nicht ein. — Seyerlen's? Aufsätze?²) qu'est que c'est? (sic).

Meine Phil. greift um sich: Professor Knoobt in Bonn und Dr. Körber in Breslau haben im Sommer eigene Collegia darüber gelesen. Viel Besuche sind mir den Sommer über gekommen, darunter 2 Russen aus Moskau und aus Petersburg, 2 Schweden, davon einer aus Upsala, ein königlicher Gesandter und Reichsgraf, 2 Damen und allerhand. Aus den Briefen und Besuchen viel mehr, als aus dem Gedruckten, davon wird mir wohl kaum die Hälfte bekannt, kann ich die Verbreitung meiner Philosophie beurtheilen. Im vorletzten Centralblatt³) ist denn die letzte Mine gesprungen, deren Reihe angelegt war vom Zorn des Professor Weiß über seinen abgewiesenen Besuch: Bautz! nun bin ich todt. — Die guten leipziger Magister wissen nicht, daß sie durch solches Gewäsch sich selber schaden: — the engineer blown up by his own petard. Shkspr. Ich habe neulich wieder den Besuch eines Striblers abgewiesen und hoffe, daß auch er Minen graben wird à la Weiß: der Knall kommt mir zu gut, der Schaden fällt auf sie. Also Courage! meine Herren Stribler.

Da Sie so thoroughly angläsirt sind, wären Sie gut qualifizirt

---

tu environnes tout l'univers avec plus de rapidité qu'un clin d'oeil. Mais tu ne pourrais le faire, si l'âme n'était pas une substance subtile et forte (à la fois), penetrant toutes les choses et étant la demeure de toutes les choses."

(Wenn du die Wissenschaft der Seele studirst, so wirst du ihre Ueberlegenheit, ihre Dauer und ihre Fähigkeit, alles zu umfassen, kennen lernen, so daß du über ihr Wesen erstaunen wirst, wenn du sie wenigstens in einer gewissen Art alles tragen sehen wirst. Du wirst dann fühlen, daß du selbst alles, was du von den vorhandenen Dingen kennst, umfassest, und daß die vorhandenen Dinge, die du kennst, in einer gewissen Art in ihr selbst ihr Dasein haben. Indem du so dich selbst alles, was du kennst, umfassen fühlst, wirst du bemerken, daß du das ganze Weltall schneller als im Augenblick umfassest. Du könntest das aber nicht, wäre die Seele nicht eine zugleich sehr feine und starke Substanz, die alles durchdringt und die Stätte aller Dinge ist.)

¹) Munk's französische Uebersetzung ist nach der hebräischen des Schem-Tob-Jbn-Falaquera gefertigt. Die Sprache des Urtextes ist die arabische.

²) Ich hatte ihn gefragt, ob er Schelling's „Philosophie der Mythologie" und die in den „Theologischen Jahrbüchern" (von Bauer und Zeller, 1856, Heft 4) enthaltenen Aufsätze von Seyerlen, in welchen er das System Gebriol's darstellte, gelesen hätte.

³) „Literarisches Centralblatt" Nr. 41, 1857, enthielt eine günstige Besprechung des Seydel'schen Buches.

zum Uebersetzen meiner Werke; indem Sie vom gründlichen Verständniß derselben Probe abgelegt haben, im Eingang Ihres Aufsatzes in den „Anregungen". Ich glaube, daß Sie damit mehr Eingang finden würden, als mit Ihrem Roman.[1]) Als Muster und Vorbild dazu würde ich Ihnen die wenigen Seiten empfehlen, welche Oxenford, im Westminster Review, April 1853[2]) so übersetzt hat, daß ich quite amazed war: nicht blos den Sinn, sondern den Stil, meine Manieren und Gesten, zum Erstaunen: wie im Spiegel! — Ich würde sogar recht gern Ihre Uebersetzung vor der Absendung durchsehen, to prevent all possibility of a mistake, and to see that all be right. Denn ich verstehe Englisch wie Deutsch: in der Regel hält jeder Engländer, in der ersten Viertelstunde, mich für seinen Landsmann. Think of it.
Sincerely yours

Frankfurt, d. 22. Oct. 1857. Arthur Schopenhauer.

P. S. Vor einem Jahr ist erschienen: „Modern German Philosophy, reprinted from the Manchester Papers 1856." Manchester. 1 s 6 d. — Frisch in Manheim, — Weigel und Asher in Berlin haben erwidert, es sei vergriffen. Aber Artaria behauptet, es würde blos in London vergriffen sein. Jetzt lasse ich es in Manchester suchen. Vielleicht wissen Sie etwas darüber. Hoffentlich ist von mir darin die Rede: jedenfalls bezeugt es den Antheil, den man in England an Deutscher Philosophie nimmt.

9.
Lieber Herr Dr. Asher!

Herzlichen Dank für Ihren Glückwunsch und für Ihre Vorfeier meines Geburtstages, beim vollen Glase.[3]) Dies war der toast, und damit a testimonial (Ehrengeschenk) auch nicht ausbleibe, hat Herr Wiesike auf Plauenhof, der Besitzer des Oel-Porträts, mir einen 2 Fuß hohen silbernen Pokal, mit meinem Namen und einer erhabenen Inschrift darauf, übersandt und verehrt. Briefe von Aposteln 8 Stück sind eingelaufen, auch aus Harlem (sic) und aus Wien: großer Meridian!

---

[1]) Ich hatte ihm mitgetheilt, daß ich einen Roman in englischer Sprache geschrieben.
[2]) In dem berühmten Artikel: „Iconoclasm in German Philosophy" betitelt.
[3]) Ich hatte ihm geschrieben, daß ich ihm bei einer geselligen Versammlung des Leipziger Schriftstellervereins einen Toast ausgebracht.

Ihr Artikel über Gebirol[1]) hat mich erfreut und ist im Ganzen gut; wiewohl ich im Einzelnen manches auszusetzen finde. Dieses Zusammenstellen kurzer Sätze ist nicht recht tauglich: daraus kann man machen was man will. Sie hätten sollen den Sinn des Gebirol, möglichst tief geschöpft und verdeutlicht, im Ganzen und Großen geben, und dann zeigen, daß und wie weit er mit mir zusammenstimmt. Jetzt die Hauptsache: Vor circa 3 Wochen kam der hiesige Photograph M. mit einem Briefe der Illustrirten[2]) und bat mich, infolge des Auftrags ihm zu sitzen. Habe es gethan. Er versprach, mir das Bild zu schicken zur Ansicht, sobald es fertig wäre: er hat nicht Wort gehalten. Aber L. hat es gesehn, unähnlich und sehr schlecht befunden. Ich höre, daß dieser M. in der Regel gar keine Porträts macht, sondern blos leblose Gegenstände. Verdrießt mich, dem großen Publiko en caricature vorgezeigt zu werden. Die ersten und reputirlichsten Photographen hier sind Seib und Schäfer. Wenn sie machen könnten, daß die Illustrirte mich nochmals, nämlich von Einem dieser Beiden, abnehmen ließe, wollte ich gern nochmals sitzen. Geben Sie ihr höflich zu verstehen, daß sie in solchem Fall nicht lumpig und schmutzig geizig sein müsse.

Für die neue Revue Germanique reist als Commis voyageur littéraire ein Herr Z.; unter Anderm hat er Auftrag, eine luminöse Darstellung meiner Phil. zu bestellen. Vom Mathematiker C. zu H. an L. gewiesen, hat dieser, nachdem er meine Approbation dazu eingeholt, Sie vorgeschlagen. Darauf ist Z. weiter in's Innere gereist und wird bei seiner Wiederkunft die Entscheidung mittheilen. Diese Revue zahlt für den Bogen 200 Frs. Honorar! — Sie ist zufrieden, daß der Aufsatz Deutsch sei, in welchem Fall sie ihn übersetzen läßt. Ich habe gesagt, Sie könnten ihn vielleicht auch Französisch machen, sobaß er in Paris blos nachgefeilt und geleckt würde. Dann aber, Herr Doctor, goldnes Geld, goldne Waare! Hübsch keine Mühe und Studium gescheut! Eigentlich sollten es wenigstens 2 Artikel werden; da ja 25 bis 30 Seiten gar wenig fassen. Besonders müßten Sie Ihre schöne Einleitung zur Musik in den „Anregungen" erweitert wiedergeben: an sich selbst begeht man kein Plagiat.

Wenn Sie mir die bewußten Blätter der Montagspost[3]) könnten

---

[1]) „Blätter für literarische Unterhaltung", Nr. 52. 1857. Dies war ein auf die Sache etwas mehr eingehender Artikel; gleichwohl war es nicht der Ort dazu, den Gegenstand in so erschöpfender Weise zu behandeln, wie Schopenhauer es hier wünscht.

[2]) Ich hatte die Redaction der „Leipziger Illustrirten Zeitung" veranlaßt, zur Feier seines siebzigsten Geburtstages sein Bildniß nebst Biographie aufzunehmen.

[3]) Dieselbe brachte wiederholt Auszüge aus seinen „Parerga".

mit Kreuz-Couvert schicken!? — There is a good fellow! würde ich sagen.

Glück auf! zum Weiterbildungsverein¹) und gründliche Herstellung Ihrer Gesundheit wünscht von Herzen
most sincerely yours
Frankfurt a. M. b. 25. Febr. 1858. Arthur Schopenhauer.
P. S. Wenn Sie die Montagspost nicht schicken können, möchte ich gern die Nummern wissen. Den Morell, on Modern German Philosophy habe doch kürzlich erhalten, habe noch nicht gelesen, sondern blos ersehn, daß er mich nicht kennt.

10.
Lieber Herr Dr. Asher!

Sie thun mir offenbar Unrecht, indem Sie klagen, daß ich Sie ohne Antwort lasse: denn Ihr letzter Brief vom 3. März enthält durchaus nichts einer Frage Aehnliches, welches einer Antwort bedürfte; sonst ich gewiß geschrieben haben würde. Aber ich sehe es: die Illustrateurs sind es, die, in wohlverdienter Verlegenheit, sich jetzt hinter Sie stecken. Dies verhält sich so: nachdem ich aus L.'s Bericht wußte, daß die von M. gemachte Photographie ein mir unähnlicher, abscheulicher Fratz sei, bat ich Sie, den Leuten zu sagen, ich wollte lieber noch ein Mal sitzen, wenn sie einem geschickten Photographen den Auftrag geben wollten. Daß Sie dies und nichts darüber bestellt haben, beweist völlig sicher Ihre sehr einfache Antwort darauf: „mit Weber habe ich nochmals Rücksprache genommen, ob mit Erfolg, das weiß ich nicht: er schrieb sich wenigstens die Namen jener Photographen nieder." — Sie haben also das Ihrige und nichts darüber gethan . . . .
. . . .

Mir ist durchaus nicht darum zu thun, in dem Philister-Blatt zwischen Eisenbahn-Directoren und ähnlichem Volk abkonterfeit zu stehn. Dem M. habe ich gesessen, weil er kam und mich bat, und ich dem Menschen nicht in seinem Betrieb hinderlich sein wollte. Zum Dank dafür hat hat er mir sein fest gegebenes und leicht zu erfüllendes Versprechen, mir das Bild erst zur Ansicht zu schicken, muthwillig gebrochen. Er soll mir nicht wieder kommen. Nachher grauete ich mich, da als Fratz der Welt vorgezeigt zu werden. Daher mein Anerbieten. — Machen Sie nur nicht, daß . . . . . mir wieder schreiben, ich will mit ihnen nichts zu thun haben.

---
¹) Ich hatte ihm mitgetheilt, daß es mir gelungen, einen Fortbildungsverein für die Leipziger junge Kaufmannschaft ins Leben zu rufen.

Das Buch von Haym[1]) habe ich ein paar Stunden durchblättert, über Hegel's moralische Erbärmlichkeit und Schelling's schlechtem (sic) Geschreib nicht ohne Pläsir gelesen. Aber auf die mich betreffende Stelle bin ich nicht gestoßen: will sehn, es nochmals vom Buchhändler zu erhalten: Schade, daß Sie nicht das pagina angaben.[2]) Leider erfahre ich nicht die Hälfte von dem was über mich geschrieben wird. Da ist eben von einem hiesigen Pfaffen, katholisch, Beda Weber, ein dickes Buch „Cartons etc." erschienen, darin er auf 10 Seiten mich hundsschlecht macht: thut nichts, obligates Pfaffengebell gegen Philosophen: aber der H—— setzt mit Gänsefüßen Stellen hin, die ich nie geschrieben. Auch meinen Hund bringt er an. — Die K—— ist aber krepirt (versteht sich der Pfaff) ehe das Buch erschien.

In den Prager Blättern für Litt. und Kunst, Nr. 8, 24. Febr. soll ein Aufsatz über mich stehn, nach Litt. Unterh. Blättern. Habe das Blatt verschreiben lassen. Vom Z. habe auch nichts mehr vernommen. Kann noch kommen.

Ich grüße Sie herzlich!
Frankfurt, d. 13. April 1858.   Arthur Schopenhauer.

P. S. Noch Eins! Sie legen meistens Ihre Briefe in Handelsbriefe ein, das Porto zu ersparen. Ich aber bitte Sie, sich nicht zu geniren, sondern ihre Briefe unfrankirt in den Kasten zu werfen. Solche apostolische Sendschreiben sind mir 10 Mal das Porto werth, und wer über meine Philosophie berichtet, schreibt in meinen Angelegenheiten: Also bin ich schuldig, das Porto zu tragen. Ergo abgemacht!

11.
Werther Herr Dr. Asher.

Vielen Dank für Ihre mannichfaltigen Mittheilungen! Ihrem Wunsch gemäß schicke ich heute unter Kreuz-Couvert, die französische Be-

---

[1]) „Hegel und seine Zeit", Berlin 1857.
[2]) Die Stelle findet man in der Einleitung (S. 4), wo es heißt: „Erst jetzt hören viele zum ersten mal von der Schopenhauer'schen Philosophie . . . gelingt es den Aposteln dieser Systeme" (es wurden vorher noch Baader und Krause genannt) „sich in weitern Kreisen der Nation Gehör zu verschaffen? Ist irgend eine Aussicht, daß eins dieser Systeme die Alleinherrschaft über die Bildung und Denkweise des Zeitalters erringen werde? Die Wahrheit ist — gerade dieses Aufstreben, dieses sich Auf- und Eindringen der dii minorum gentium ist der Beweis dafür — die Wahrheit ist, daß sich das Reich der Philosophie im Zustande vollkommener Herrenlosigkeit, im Zustande der Auflösung und Zerrüttung befindet."

arbeitung meines Fundaments der Ethik an Sie ab.¹) Weiß hat solche auf ein Zehntel des Umfangs reduciren müssen: Dies muß man berücksichtigen: und da hat er den Kern richtig gegeben: aber im Ganzen doch schlecht übersetzt; wie meine Randglossen bezeugen. Unverzeihlich aber ist, daß er ex propria penna hinzugethan hat, und zwar lauter judaisirendes Zeug, — zu meinem Aerger. — Der Dialog im Prolog ist nicht wahr. — Ich bitte es mir nach 8 Tagen wieder zurückzuschicken.

Einen höchst interessanten Aufsatz über meine Phil. enthält die „Wiener Zeitung" vom 8. Mai: Sie müssen's lesen: das dortige Bureau der „Allgemeinen"²) muß es haben. Es füllt 8 große Folio-Spalten, enthält Gutes, Schlimmes, Wahres und Grund-Falsches: gar toll. Es ist die Oesterreich'sche officielle Staats-Zeitung. Ich hab' es kommen lassen. Im Nothfall könnt' ich es Ihnen schicken. Er sagt, in Berlin scheine „die Begeisterung für meine Philosophie epidemisch zu sein". Ich hielt dies für eine Hyperbel: aber da kommt, in Berlin erschienen, ein Drama von 206 gr. 8. Seiten, „Die Himmelstürmer", in poetischer Prosa, durchweg Jamben, darin höchst ernsthaft meine Philosophie dramatisch behandelt ist: ein Spaß ohne Gleichen: zum Titelkupfer Die Sistinische Madonna und darunter mein Gedicht auf selbige.³) Das Ding ist anonym und ohne Vorrede. Sie müssen es sehn. Vielleicht machen Sie eine Anzeige desselben. — Sie hatten mir geschrieben, die Montags-Zeitung vom 21. December, Nr. 51, enthalte mein Kapitel über die Weiber: ich habe sie kommen lassen, und steht nichts von mir darin. Ich bitte, ein ander Mal genauer zuzusehen. — Eine Katastrophe, bestehend im Triumph der Göthe'schen Farbenlehre, nebst meiner, kommt allmälig heran. Sie werden wissen, daß in Berlin in der Polytechnischen Gesellschaft, die Sache zur mündlichen Debatte gekommen ist, Vorlesung von Dr. Wolff pro Nentono, von Dr. Grävell dagegen und für Göthe: letztere ist gedruckt: „Charakteristik der Neutonischen Farbentheorie." Grävell war kürzlich hier und kommt nochmals her. Sodann ein hiesiger Dr. Clemens hat im „Archiv für physiologische Heilkunde" einen langen Artikel publicirt, über „Farbenblindheit", darin er sich ganz zu meiner Theorie und für Göthe be-

---

¹) Es war die „Revue Française" vom 10. Dec. 1857. In derselben Zeitschrift war am 20. Dec. 1856 ein Artikel von demselben Verfasser „A. Schop. la philos. de la magie" betitelt, erschienen. Er schreibt sich A. Weil, nicht Weiß, wie eben angegeben.
²) Er meinte die „Deutsche Allgemeine Zeitung.
³) S. „Parerga", II., 2. Aufl., S. 693.

kennt. Die Göthe=Latrie ist eben in höchster Kulmination. Man wird die Alten reviviren, und dann vae victis!

Von Lassaulx, Rektor der Münchner Universität, hat mir soeben seine Festschrift über „die prophetische Kraft der Seele" in Pracht= Exemplar übersandt: ich finde mich darin 2 Mal citirt, auch eine Stelle aus Parerga beigebracht. — Besucht haben mich kürzlich ein Doctor aus Wien, und dann ein protestantischer Prediger aus Moskau. Sie sehn die Epidemie greift um sich.

Vor 2 Monat schickte mir der M. in einem sehr höflichen Ent= schuldigungsbriefe ein Exemplar seiner Photographie: sie ist nicht so schlecht, wie L. sie geschildert hat: die obige Hälfte, besonders die Stirn, ist sehr gut, auch die Augen so ziemlich: aber Nase und Mund ganz verhunzt. Ich hoffe, daß der Holzschneider dies berichtigen wird, und tröste mich damit über die bevorstehende Publikation, nebst Beschreibung dieses Löwen.

Cornill hat wieder ein Buch herausgegeben[1]) darin ein langer Artikel über mich, als Antikritik einer Recension seines ersten Buchs, die im Frankfurter Museum, Februar 1857 gestanden hat.

Luntenschütz hat mein 2. Porträt in Oel jetzt vollendet: es ist sehr viel besser, als das erste: wird hoffentlich irgendwo einen Käufer finden. Ich rathe es nach Wien zu schicken, als wo der Teufel be= sonders los sein soll.

Ich bedaure, daß Ihr Uebel Sie abermals nach Karlsbad zu gehen nöthigt, und wünsche von Herzen einen günstigen Erfolg.

Der Ihre

Frankfurt a. M., d. 24. Juni 1858. Arthur Schopenhauer.

12.

Werther Herr Doctor.

Ich beeile mich, Ihnen zu antworten, um Sie bei Zeiten gebeten zu haben, daß Sie die Anzeige der Seidel'schen Schrift ablehnen mögen[2]). Ich sehe aus Ihrem Briefe, daß Sie voll Rücksichten, Vorsichten, Nach= sichten und wohl auch Aussichten und Absichten sind, und wohl gar

---

[1]) Der Titel lautet: „Materialismus und Idealismus in ihren gegenwärtigen Entwickelungskrisen beleuchtet." (Heidelberg, Mohr, 1858.)

[2]) Die Redaction der „Blätter für literarische Unterhaltung" hatte sie mir zur Besprechung zugeschickt. Ich schrieb an Schopenhauer, ich sei unentschieden, ob ich mich der Aufgabe unterziehen solle. Ich hielte mich weder für berechtigt noch veranlaßt dazu, in einem solchen Tone, wie er selbst, über das Buch mich zu äußern, zumal es doch gut geschrieben und mit vielem Fleiße ausgearbeitet sei.

jenem Menschen Bücklinge machen würden. Hier aber bedarf es eines Mannes der mit Voltaire sagt: point de politique en litérature: dire la vérité, et s'immoler. Dies ist nicht Ihre Sache, wie ich sehe. Ein Mensch, der schon in jungen Jahren fähig ist, um ein Trinkgeld von der Fakultät, sich dazu herzugeben, einen auf Jahrhunderte berechneten Prachtbau, wie meine Phil. ist, mit Koth bewerfen zu wollen, verdient in seiner Blöße dargestellt zu werden. Dabei sollte zugleich das wirklich vortreffliche Buch Bähr's recensirt werden und so das Urtheil der Fakultät verdienter Weise prostituirt werden, — daß sie die Rolle der Mutter spiele, welcher Hamlet die zwei Bilder vorhält. Die Fakultät irrt sich, vermeinend solche Kniffe werden ungeahndet hingehn. Meine Phil. verbreitet sich unaufhaltsam, und die Akten werden noch öfter vorgenommen und revidirt werden. So lange es mit hämischem Schweigen und feigem Maulhalten gethan war, waren die Herren in ihrer force: aber jetzt, da es ans Bekämpfen geht, wird ihre Schwäche und elende Absicht zu Tage kommen. Studenten auf mich hetzen! sie zu Richtern über mich bestellen! Schöne Mittel. Sie arbeiten für, nicht gegen mich, — aus D——. Da hat wieder ein Professor Zimmermann aus Prag eine dicke Geschichte der Aesthetik geschrieben, darin er meine Metaphysik des Schönen auf 20 Seiten nach Kräften heruntermacht. Wirkt Alles für mich. — Also werther Herr Dr., überlassen Sie das Recensiren des Seidel einem Andern: vielleicht findet sich Einer, der Haare auf den Zähnen hat.

Ihre Konjektur, daß der Artikel in der Wiener Zeitung von diesem Seidel sei, ist nicht nur eine falsche, sondern eine sehr unglückliche[1]: der würde wohl so lobend von mir reden und die Bücher aufzählen, die schändlicher Weise von mir geschwiegen haben! Er hat sie seit 20 Jahren bemerkt und notirt. Ist auch zu gut geschrieben. Ein Wiener Dr. jur. der mich neuerlich besucht hat, meinte, der Artikel sei von Dr. Barrach in Wien. Ein Fremder, der neulich bei mir war, sagte mir, ihm sei von der Redaktion der Revue Germanique die Darstellung meiner Metaphysik der Musik übertragen: ich empfahl ihm Ihren Aufsatz zur Benutzung! er kannte ihn schon. Vom J. weiß er nichts: das hohe Honorar leugnet er, behauptet das Umgekehrte und macht seinen Artikel umsonst. — Derselbe erzählte mir, daß in dem berüchtigten Buche von Proudhon, de la justice dans l'église & die Be-

---

[1] Wie Seidel, wollte auch der Verfasser jenes Artikels in Schopenhauer weniger den Philosophen als den bedeutenden Schriftsteller anerkennen. Dies und noch andere Indicien führten zu meiner Conjectur.

kanntschaft mit meiner Phil. unverkennbar sei. Ich will mich danach umsehn. Sie thun es vielleicht auch. Dr. Grävell war wieder da: habe ihm den Aufsatz von Dr. Clemens im Archiv für physiolog. Pathologie gezeigt, darin dieser zu meiner und Göthe's Farbenlehre schwört, wider Neuton.

Mein Jammer ist, daß ich nicht die Hälfte erfahre von dem, was über mich geschrieben wird: daher bitte ich Sie, mir stets mitzutheilen, was Ihnen vorkommt.

Nochmals wünsche ich, daß Ihre Badekur eine Radikalkur werde, und grüße Sie herzlich.

Frankfurt a. M. d. 2. Juli 1858.   Arthur Schopenhauer.

Mich graut's schon vor dem bevorstehenden Fratz in der Illustrirten. Es ist richtig die Montags-Post: also falsches Datum und Nummer![1])

13.
Werthester Herr Dr. Asher!

Ueber die Ihnen angetragene Recension des Seydel habe ich meine Meinung ausführlich dargelegt, und habe nichts weiter darüber zu sagen, bin auch nicht gelaunt, Conjekturen und Kasuistik darüber zu verfolgen[2]); sondern stelle es den Göttern anheim. — Was für ein tapferer Recke Sie sind, haben wir gesehen an dem lange angedrohten Schlag, den Sie dem Haym versetzt haben[3]), und der ein sanftes patte

---

[1]) S. Brief 9.

[2]) Ich hatte ihm auf seinen letzten Brief Folgendes geantwortet: „Die einzige Rücksicht, die ich habe, ist auf Sie selbst, verehrtester Herr Doctor. Ich bin nämlich überzeugt, und Ihr geharnischtes Schreiben befestigt diese Ueberzeugung nur noch in mir, daß meine Besprechung der Seydel'schen Schrift Ihnen nicht genügt haben würde. Um das zu thun, was Sie wünschen oder wenigstens angeben, bedurfte es eines weitläufigern Eingehens in die Sache. Die Redaktion aber hat mir besonders Kürze anempfohlen. Uebrigens halte ich dafür, daß, Jemand Motive unterzuschieben, immer eine mißliche Sache ist. Seydel mag ganz unbefangen bei der Arbeit gewesen sein. Was für Veranlassung sollte er gehabt haben, Ihnen persönlich übel zu wollen? Keineswegs kommt es mir zu, bei der Beurtheilung eines Buches Persönlichkeiten mit hineinzuziehen." Außerdem gab ich ihm zu bedenken, daß, wenn ich ablehne, das Buch einem Gegner in die Hände fallen könnte, wobei er doch immer noch schlechter wegkommen würde, als wenn ich die Besprechung übernähme.

[3]) In einem Artikel in den „Blättern für literarische Unterhaltung": „Lewes und Schopenhauer über den Charakter", fügte ich in einer Einschaltung die Bemerkung ein: „Herr Dr. Haym dürfte ungehalten sein, wenn ich einen Mann, den er nur zu den Diis minorum gentium zählt, einen großen Philosophen nenne.

de velour-Kläpschen war, einer Entschuldigung ähnlicher, als einem Vorwurf. Knock the rascal down! ist nicht Ihre Sache.

Sie werden in den Litt. Blätt. die Recension des Frauenstädt'schen Buchs von Fortlage gesehen haben, der sehr brav von meiner Sache spricht. — In den häuslichen Heerd-Blättern, Nr. 43, steht eine Recension einer Rede des Rupp in Königsberg, der gegen mich polemisirt und gerade die mir eigenthümlichsten Lehren dem Kant zuschreiben will, der nicht daran gedacht hat. Der Recensent weist ihn zurecht; aber viel zu zahm.

Porro in der „Protestan. Kirchenzeitung" vom 3. Juli steht eine merkwürdige Stelle über mich von Weiß; sie betrifft denselben Gegenstand, über welchen (wie ich Ihnen glaube gemeldet zu haben) in der „Hamburger Reform" ein Plagiarius die Seiten aus Par. II. p. 310, 11 rein abgeschrieben und sich angeeignet hat. Der Gegenstand scheint also die Gemüther zu beschäftigen: — ist die schwache Seite der christlichen Moral.

Porro „Das Duell, mit Belegen aus den Schriften der neuen Gegner desselben" von L. Müller, 1858 (7½ Sgr.) hat fast die Hälfte aus meinem Kapitel darüber abgeschrieben; aber mich nennend und belobend.

Ein Offizier in Berlin hat mir ein Manuscript von 28 Seiten über Schönes und Erhabenes in meinem Sinn gesandt. Der hat mich so in succum et sanguinem vertirt, daß er als ein alter ego redet. Freut mich zu sehr.

Wenn ich doch nur die Hälfte erführe von dem was über mich geschrieben wird.

Melden Sie gefälligst, was Ihnen vorkommt.

„Das Buch der Christen, ob: das Neue Testament nach den Resultaten der Tübinger Schule", von R. Clemens, 1852, 163 S. — enthält diese berühmte Bibelkritik in ihren Resultaten, kurz und (soviel ich davon verstehe) richtig. Würde, glaube ich, sehr viel Aufmerksamkeit in England erregen, und großen Absatz finden. Empfehle es Ihnen zum Uebersetzen.

Ihr Zorn gegen die Illustrateurs[1]) amüsirt mich.

Sie haben wohlgethan, sich in Karlsbad zu den Engländern zu

---

[1]) Der verstorbene Dr. Heinze, damaliger Redakteur der „Illustrirten Zeitung", hatte mit seinem mir gegebenen Versprechen, Schopenhauer's Bildniß zu seinem Geburtstage (22. Febr.) zu bringen, nicht Wort gehalten, und die Sache wurde von Woche zu Woche verzögert.

halten! so habe ich es in Italien alle Zeit auch gemacht. Engländer sind der beste und sicherste Umgang.

Mögen die guten Folgen der Kur sich einstellen!

Frankfurt a. M., den 31. Aug. 1858.

Arthur Schopenhauer.

14.
Lieber Herr Dr. Asher!

Ich danke Ihnen für die Uebersendung Ihres Schriftchens[1]), welches recht wohl gelungen ist. Sie haben eine sehr gute und mir wohlbekannte Stelle des Bako[2]) angeführt: gar oft habe ich, unter langweiligen Recherchen geseufzt „ja, writing makes an exact man."

In der Zusammenstellung neuer sogenannter Classiker mit alten, p. 15, haben Sie jenen (ein Paar ausgenommen) 100 Mal zu viel Ehre erwiesen: und daß Sie den Julian Schmidt loben[3]), — mögen Ihnen die Götter verzeihen. Wissen Sie auch), wie dieser L — — über mich redet, in seiner Litt. Gesch.?

Es freut mich, daß die viel besprochene Recension v. B. gemacht worden, der wird schon der Sache genug thun. Ich hatte gehofft, sie sogleich in den Blättern zu finden, — aber noch immer nicht.

Im Journ. d. Débats, v. 8. Oktober, Schluß einer langen Recension von Frank, de l'institut, giebt beiläufig ein christliches Anathema über mich; — mir sehr angenehm; wenn sie mich nur kennen und nennen! c'est tout ce qu' il faut.

Das Neueste ist jetzt ein zweibändiger Roman: „Sturm und Kompaß", — anonym, ist aber von Dr. Lindner[4]), der es mir als eine

---

[1]) „Ueber die Kunst zu lesen, oder Was und Wie soll man lesen?" (Leipzig, C. F. Fleischer, 1858)

[2]) „Of Studies", aus den Essays, Moral, Economical and Political.

[3]) Ich empfahl dort blos das sorgfältige Studium der Literaturgeschichte überhaupt, doch selbst dies nur unter gewissen Beschränkungen, und nannte. dabei J. Schmidt neben Schlegel und Gervinus, weil mir keine andere bekannt war und es wol auch damals keine gab, welche die neueste Periode in ähnlicher Ausführlichkeit behandelt, wie eben die von Schmidt. Die Stelle, auf welche Schopenhauer sich bezieht, findet man in Schmidt's „Geschichte der deutschen Literatur." (Bd. 3, 3. Auflage, S. 374 fg.) Vgl. Lindner's „Ein Wort der Vertheidigung" (S. 41 fg.)

[4]) Schopenhauer hatte sich geirrt. „Das neue Opus", sagt Lindner in seinem „Ein Wort der Vertheidigung" S. 117, „war aber der von meiner Frau verfaßte Roman „Sturm und Kompaß", an welchem mein Antheil sich auf die stilistische Redaktion beschränkt, mit Ausnahme der philosophischen Wendung im vierten Buche, die zwischen Fisch und Fleisch stecken blieb, und in einer zweiten Ausgabe des Werks beseitigt, dafür aber die ursprüngliche, religiöse Tendenz wiederhergestellt werden soll".

Exemplifikation und Verkörperung meiner Phil. ankündigte. Dies finde ich gerade nicht, wiewohl öfter darin von meiner Philosophie die Rede ist und Stellen angeführt werden. Ist sonst ein hübscher Roman. Sie könnten über die ästhetische Behandlung meiner Phil., also über diesen Roman und die „Himmelsstürmer", unter beiläufiger Erwähnung der Sansara[1]), ein Artikelchen machen in den Litt. Blättern? —

In England giebt es eine große antikirchliche Partei, der mit einer Uebersetzung des Christenbuchs[2]) gedient sein würde. Dort hat die Geologie das Alte Testament diskreditirt, und jenes Buch könnte über das Neue Testament aufklären.

„To marry or not, is the question": — Question?!! I'll give you a sound maxim of my own making, though it's in English:

„Matrimony = war and want,
Single blessedness = peace and plenty." —

Stick to that. This, by the bye, is an alliteration; the Germans call it a Staff-rime. But what's that to us? But if you can get a girl with at least 30000 D. — you may.

affectionately yours

Frankfort a. M., Nov.[4]) 1858.

Arthur Schopenhauer.

15.
Dear Doctor!

You write English astoundingly well[3]), faith you do, and I am glad of it, for your sake, as it is your trade, and for my sake, because I see in you the future rare and unparalleled translator of my works, it's for that you have come into the world. Believe me, it's so. — But don't now you think that I shall go on writing in English. No such thing: you may though, if you choose: no objection. But with me it would only be an affectation, moreover a task, and a bore to boot.

Habe also zwei Briefe von Ihnen zu beantworten. Zuförderst danke ich Ihnen dafür, daß Sie mich auf die Stelle in den „Stimmen der Zeit"[4]) aufmerksam gemacht haben, aber es verdrießt mich etwas, daß Sie meynen, daran sei etwas Wahres.

---

[1]) Roman von Alfred Meißner. (Leipzig, Grunow.)
[2]) Vgl. den vorigen Brief.
[3]) Ich hatte ihm zur Abwechselung einmal einen englischen Brief geschrieben.
[4]) Nr. 1, 1858, von Kolatschek edirt, enthielt einen Artikel „Ueber die neuere

Dies kommt blos daher, daß es eine Verdrehung der Wahrheit ist, sie lautet: „von Philosophien haben blos diejenigen an Ausbreitung zugenommen, die sich von der höhern Spekulation abwenden und mehr oder minder auf Glauben hinführen, die Herbart'sche nämlich und die Schopenhauer'sche."

Was er nun unter „höherer Spekulation" versteht, ist das Gefasel vom Absolutum, welches der verkappte Judengott Jehova ist, und von der einfachen immateriellen Substanz genannt Mlle. Seele, — das können die Philosophieprofessoren ihm futerweise liefern. Ich, Kantischen Grundsätzen getreu, rede nicht von dem, wovon weder ich, noch Andere etwas wissen können. — Und anlangend das „auf Glauben hinführen", — so frage ich, welches denn meine Glaubensartikel seien? Etwan, daß das Nichts, welches zuletzt übrig bleibt, kein absolutes, sondern blos ein relatives sei? —

Ich habe Sie, obwohl es ein bloßes Geschwätz ist, darüber nicht im Irrthum lassen wollen.

Wenn Sie für mich ein Exemplar der Illustrirten[1]) erhalten können und mir es schicken wollen (unter †-Kouvert) wird es mir sehr lieb seyn, ich habe es blos auf dem Casino gesehen und gelesen. Der Fratz ist schändlich und mir sehr unähnlich.

Die dicke Nase ist Wirkung der zu großen Nähe der Maschine, die Augen schielig, das Maul infam. Folge der Knickerei dieser Kerls, — welche wohlthun würden, ein gutes Bild als Supplement nachzuliefern. Das Ding soll 6000 Abonnenten = 30000 Gaffern haben. Mit der Biographie von Frauenstädt[2]) bin ich sehr zufrieden.

Die „Anregungen" mit Büchner's Aufsatz[3]) habe ich. Es war vorherzusehen, wie so ein B —— über meine Phil. urtheilen würde. Von Neid beseelt will er mich herabsetzen, aber wider Willen läuft ihm bisweilen die Bewunderung übers Blatt. — Aber schönes Zeug! z. B. p. 4, „über den Willen wären am meisten Kompetent die — .. Phy-

---

deutsche Philosophie", in welchem die oben angeführte Stelle vorkam. Ich sagte in meinem Briefe an Schopenhauer: „You, I am sure, will not concede to him what he remarks with regard to the result of your philosophy, though I, for my part, cannot help seeing some little truth in it."

[1]) Nr. 805, 1858, welche die lange verheißene Biographie nebst Porträt Schopenhauers enthielt.

[2]) Ich hatte ihn, als den ältern Freund Schopenhauer's, dazu vorgeschlagen und den mir von der Redaktion gewordenen Auftrag, sie zu schreiben, abgelehnt.

[3]) Das Januarheft 1859. Der Titel des Aufsatzes war: „Aus und über Schopenhauer."

fiologen! — — sciiicet die von außen an den Menschen Kommenden, die nicht wissen, was drinnen vorgeht! Ueber die Wirkung der Klystiere mögen sie competent sein. — Gegen meinen transcendentalen Idealismus beruft er sich auf meine Fabel von der Iris und Sonne![1]) wo zudem von einer Sonne die Rede ist, welche spricht und zudem von der Iris gesehen und gehört wird. — Ist das ein Sch———! Dazu lügt der K., wo habe ich je gesagt, daß über 60 oder 100 Jahre meine Philosophie herrschen würde; — oder auch überhaupt von ihrer künftigen Wirkung geredet? Nirgends, er lügt's p. 3. — Schadet mir übrigens Alles nichts. So dumm ist das Publikum nicht: vielmehr hat Voltaire Recht: ces gens servent a répandre votre renommée. Er droht aber mit mehrern Fortsetzungen in nächsten Heften. Sie würden daher wohlthun, Ihren Artikel über die drei Romane[2]) einem andern Blatt zu geben. E. ist of very low standing. Die Litterarischen Blätter[3]) würden, denke ich, es nehmen. Sonst veraltet's.

Sengler's Zeug[4]) habe gelesen, weiß aber nicht, was es sagen will.
Ueber Ihr Vorhaben, den Faust mit meiner Phil. zu beleuchten, kann ich nichts sagen, da es gänzlich auf die Ausführung ankommt. Man kann Jedes und Alles mit deren Licht beleuchten, und wird heller sehn. Es kommt hierbei ganz auf Ihre Auffassung an: da müssen Sie wissen, ob Sie etwas Klares, Wahres und Neues gedacht haben.

Tante Voß, v. 28. Nov., Beilage, giebt eine Recension v. Sturm u. Kompaß. — Dieselbe v. 12. December bis 1. Januar giebt Uebersetzungen aus meinem Geistesverwandten Leopardi[5]) (den ich seit zwei Monaten mit großem délice im Original lese), dabei sehr würdige Erwähnung meiner, im Eingang, und besonders am Schluß. Auch die Wiener Zeitung hat meiner wieder ein Paar Mal erwähnt. Lindner schickt mir das Alles.

Ein glückliches, zufriedenes und vor Allem gesundes Neues Jahr wünscht Ihnen

von Herzen

Frankfurt a. M., d. 3. Jan. 1859.

Arthur Schopenhauer.

---

[1]) S. „Parerga" II., §. 405 der zweiten Auflage.
[2]) Vgl. den vorigen Brief. Ich hatte übrigens gar keinen solchen geschrieben.
[3]) Die „Blätter für literarische Unterhaltung."
[4]) Ich hatte ihn darauf aufmerksam gemacht, daß Sengler's „Erkenntnißlehre", Bd. 1, ihm einige Seiten widmet.
[5]) Vgl. Lindner, ut supra, S. 119.

16.

Lieber Herr Dr. Asher!

Sie würden mir einen schlimmen Dienst erwiesen haben, wenn es Ihnen gelungen wäre, den Brendel zu bewegen, daß er die Fortsetzungen des Büchner'schen Aufsatzes nicht lieferte. Ich will sehr viel lieber, daß man gegen mich schreibe, als gar nicht schreibe. Jeder Angriff, der seinen Mann nicht umwirft, stärkt ihn.

Wenn Sie mir die Schrift über den Faust dediciren wollen, wird es mir lieb und werth sein: hingegen Vorreden zu Andrer Bücher schreibe ich nicht: niemals.[1]) Wenn Sie kein Honorar verlangten, würden Sie leicht einen Verleger finden. Als Broschüre sind 4 Bogen wenig. Die Assortiments-Buchhändler verdienen zu wenig dabei, als daß sie solche förderten. Zum Journal-Artikel sind 4 Bogen zu viel. Sie müßten denn es um die Hälfte abkürzen: solche Kondensation thut den meisten Schriften gut, — zumal wenn der Autor dabei an Honorar gedacht hat.

Wenn Sie unter Cotta'scher Vierteljahrschrift die Deutsche Vierteljahrschrift verstehn,[2]) so scheint mir diese ungeeignet. Die passendste wäre wohl das Deutsche Museum von Prutz.

Ich bin sehr beschäftigt, da ich seit 4 Monat an der 3. Auflage meines Hauptwerkes arbeite; welches jetzt vergriffen ist. Bin jedoch mit Brockhaus noch nicht einig über die Bedingung. Er hätte sich früher melden sollen. Mein Werk wird fast ein Jahr lang im Buchhandel fehlen.

most affectionately yours

Frankfurt a. M., d. 11. Jan. 1859.

Arthur Schopenhauer.

PS. Meinen Dank für die Uebersendung der Illustrirten.

17.

Lieber Herr Dr. Asher!

Empfangen Sie meinen verspäteten, aber herzlichen Dank, für die Abfassung, Dedikation und Uebersendung Ihres Buchs.[3]) Daß ich

---

[1]) Ich hatte ihn gefragt, ob er es vorzöge, daß ich ihm das Buch widme, oder daß er mir eine Vorrede dazu schreibe.

[2]) Dieser beabsichtigte ich anfangs die Schrift anzutragen.

[3]) Mein „Arthur Schopenhauer als Interpret des Goethe'schen Faust. Ein Er-

große Freude daran habe, versteht sich von selbst; da es in majorem mei gloriam ist und die Beachtung meiner Phil. fördert. Mich hat am meisten die Stelle der Stael[1]) interessirt, die mir ganz unbekannt und neu war, obgleich ich das Buch 1814 gelesen habe. Sie ist außerordentlich! und es freut mich, daß Sie mich darauf aufmerksam gemacht haben; da sie eine Bekräftigung meiner Grundlehre ist. Sie mir zum Plagiat anzulegen[2]), wäre lächerlich; da Systeme, wie meines, nicht aus einem fremden Einfall hervorgehen können, und übrigens gilt, was ich gesagt habe Parerga I, p. 125. — Sehr unangenehm hat es mich berührt, daß die mir angehörigen Stellen voll Druckfehler, mitunter schlimmer sind, welches sich p. 58, mittelst 3 grober Druckfehler, zu baarem Unsinn steigert.[3]) Auch Göthe's Stellen haben Druckfehler.[4]) Sie scheinen bei der Korrectur blos Ihrem eigenen Text Sorgfalt zugewendet zu haben. — Manche Ihrer Auslegungen des F. halte für unrichtig, namentlich p. 57, „Ehe"! — Je nun, zunächst hat das habent sua fata libelli sich dies Mal brillant bestätigt, durch die unerhörte Bestellung von 400 Exemplaren nach der ersten Anzeige. Dies kann keinen andern Grund haben, als daß mein Name den Titel eröffnet, und die Leute, in ihrer Flüchtigkeit, meynen, es sei, oder komme von mir. Wir werden sehn, wie es ferner geht.

Was mir kürzlich große Freude gemacht hat, ist die in Turin erscheinende Rivista contemporanea, in ihrem Decemberstück, welches erst Ende Januar ausgegeben ist. Sie eröffnet mit einem 40 Seiten langen Dialog überschrieben „Schopenhauer e Leopardi." Von letzterm ist nur beiläufig die Rede, und das Ganze ist eine Darlegung meiner Phil.; mit sehr genauer und richtiger Kenntniß derselben und voll Enthusiasmus für deren Wahrheit: der Verfasser hat sie in succum et sanguinem vertirt, excerpirt nicht, wie die deutschen Phil.-Professoren, namentlich Erdmann, meine Schriften, sondern hat Alles an der Schnur, wo er es braucht.

Läuterungsversuch des ersten Theils dieser Tragödie." (Leipzig, Arnoldische Buchhandlung, 1859.)

[1]) S. 11 meiner obigen Schrift.
[2]) Ibid.
[3]) Leider der Fall. Dort steht: „Eine moralische Reue ist nur dadurch bedingt, daß, wenn die That, die Neigung zu dieser, dem Intellect nicht freien Spielraum ließ" ꝛc. Statt dessen muß es heißen: „Eine moralische Reue ist nur dadurch bedingt, daß vor der That die Neigung zu dieser dem Intellect" ꝛc. Die übrigen Druckfehler in den Citaten von Schopenhauer sind nur geringfügiger Art.
[4]) Einen einzigen, S. 19, wo statt „welser", „welcher" steht.

Dr. Lindner, (der schon in seiner Vossischen Zeitg. v. 30. Novbr. bis 1. Jan. Dialoge von Leopardi mit Beziehung auf mich geliefert), hatte mir die Rivista geschickt, ich habe sie jetzt verschrieben. — Dr. Wille, von meiner Züricher Gemeinde, war kürzlich hier, kennt den Verfasser De Sanctis, der ein verbannter Neapolitaner ist und Prof. am Lyceum in Zürich. —

Eben erfahre, daß der Buchhändler Beer eine komplet specificirte Bestellung aller meiner Schriften aus Batavia erhalten hat. Endlich in Asien!

Ich bin sehr beschäftigt mit Zusätzen zum 2. Bande[1]) und Korrecturbogen des ersten: dann an meinem Geburtstage, 8 Briefe, 1 Sonnet, 4 Bücher, ein frisches Bouquet aus Berlin; das will Alles beantwortet seyn: kommt noch ein hiesiger Herr und bringt mir 2 Trauerspiele. Dann sitzen für Maler und Photographen. Göbel's Porträtt meiner Person ist auf der Ausstellung, macht viel Aufsehn durch die Aehnlichkeit und schöne Malerei. Demnach werden Sie entschuldigen die so späte Antwort

Ihres
treulich ergebenen

Frankfurt a. M., d. 9. März 1859.

Arthur Schopenhauer.

18.

Lieber Herr Dr. und aktiver Apostel!

Ihr Lamento vom 10. März ist rührend[2]); — läßt sich aber nichts dagegen thun. Nur will ich Ihnen sagen, daß ich nicht glaube, die Stelle der Stael rühre irgend wie von Schelling her: wäre Dies, so hätte man sie mir längst aufgemutzt, als man vor einigen Jahren sich in der Art bemühte und nichts vorzubringen hatte, als daß Schelling gesagt habe: „Wollen ist Urseyn": es war damit so schlecht bestellt, daß sogar der Philosophie=Professor Hillebrandt in Gießen meine Vertheidigung geführt hat, in seiner Geschichte der deutschen Literatur[3])

---

[1]) Seines Hauptwerkes.

[2]) Ich drückte ihm mein Bedauern darüber aus, daß meine Schrift sich nicht seinen vollen Beifall errungen und infolge der Schnelligkeit, mit welcher der Druck vor sich gehen mußte, sollte die Schrift zu seinem Geburtstage in seinen Händen sein (ich hatte sie erst im Januar begonnen), jene Druckfehler sich eingeschlichen hatten und von mir übersehn worden waren.

[3]) S. oben Brief 4.

Ich danke für das übersandte Programm¹), welches meinen ganzen Beifall hat: vielleicht giebt es keinen andern Deutschen, der so vollkommen gut Englisch schreibt, wie Sie. Auch enthält es viele und interessante und belehrende Dinge. Die Stelle von mir²) ist passend gewählt und vortrefflich übersetzt. Ich wollte, daß solche Sie und einen englischen Verleger ermuthigte, zu einer Uebersetzung der ganzen Parerga. — Revue Germanique hatte im Februar ein Kapitel daraus französisch übersetzt. Hoffentlich erscheint demnächst die französische Uebersetzung der Abhandlung von der Freiheit des Willens.

Vom Dialog Schopenhauer e Leopardi in der Rivista contemporanea di Torino habe ich Ihnen wohl schon erzählt.

Ich bin so sehr beschäftigt mit meiner 3ten Auflage, daß ich nichts hinzufügen kann, als meinen herzlichen Wunsch der Besserung Ihrer Gesundheit!

Frankfurt, den 15. April 1859.

Arthur Schopenhauer.

19.

Werther Herr Dr. Asher!

Es freut mich, daß Sie wohlbehalten von Ihrer Reise zu Wasser und zu Lande zurückgekommen sind, und habe ich mit Interesse Ihre Mittheilungen über die buchhändlerischen Verhältnisse in London gelesen. Sie haben dennoch Einiges erreicht und Andres in spe. Aber ich bin grievously dissappointed dadurch, daß Sie die Nr. 2 des Bentley Magazine nicht gesehn haben. In London, wo Sie mit Buchhändlern und Litteraten verkehrten, konnte es Ihnen wahrlich nicht schwer fallen³) das Heft auf 5 Minuten in die Hand zu kriegen. Ich habe, nach Empfang Ihres ersten Briefes Sie noch expreß darum bitten wollen: aber es war bereits der Tag Ihrer Abreise; weil Sie, trotz meinen Bitten, statt mit der Post und unfrankirt, mit so einer Gelegenheit geschrieben hatten. (Now mind it, once for all, when I receive some interesting communication, I care a Damn for

---

¹) Das der Leipziger Handelslehranstalt für Ostern 1859, welches eine Abhandlung von mir, unter dem Titel: „On the Study of Modern Languages in General, and of the English Language in Particular" enthielt.

² „Parerga" II, zweite Auflage, §. 309.

³) Und doch war dem so. Uebrigens war mein Aufenthalt in London nur ein kurzer, und ich hatte in der kurzen Zeit so vielerlei zu besorgen, daß, wer London kennt, sich nicht wundern wird, daß es mir nicht gelang, das „Magazine" zu Gesicht zu bekommen.

the postage; and now no more about it). Ich getröstete mich jedoch, daß Sie schon von selbst danach sehen würden. Jetzt aber wollen Sie von mir erfahren, was darin steht! The Devil do I know. Suchen Sie es wieder gut zu machen und irgend wie, in Leipzig oder Lunnnn[1]), herauszubringen, ob der Kerl es mit mir vorhat, oder das alte Lied leiert von den 3 Sophisten, oder gar von jetzeitigen (sic) Pinseln. Nicht ein Mal der Economist giebt eine review des Hefts. Ich bin neugierig darauf, wie der Wirth in den Mitschuldigen.

Der Carriere (l. c.)[2]) hat zwar meine Partei ergriffen, aber viel zu lau, solchen E—— gegenüber. Er fürchtet sich vor seinen Kollegen.

Mit dem Druck sind wir schon auf die Hälfte des 2. Bandes[3]) und werden hoffentlich bis Ende Oktober fertig werden. Wohl 120 Seiten Zusätze, schätze ich jetzt ab (d. h. according to my estimate).

Quandt's Brief[4]), der mir als letztes Lebenszeichen interessant ist, schicke einliegend mit Dank zurück. Aber Sie sagen mir nicht ein Mal den Titel der Abhandlung[5]), worauf er sich bezieht!

Von Herzen wünschend, daß Ihre Gesundheit durch die Seebäder hergestellt sei

sincerely Yours

Frankfurt, den 10. September 1859

Arthur Schopenhauer.

20.
Werther Herr Dr. Asher!

Ich hätte Ihnen längst geschrieben, wenn ich nicht seit 6 Wochen mit allen Hunden gehetzt gewesen wäre. Brockhaus hat so geeilt, daß ich fast täglich einen Bogen zu korrigiren hatte, wozu ich 3 bis 4 Stunden gebrauche, — und dann die Aushängebogen aufmerksam zu durchlesen! Dazu andrerseits die Bildhauerin Ney (Großnichte des Marschalls) aus Berlin hergekommen, meine Büste zu machen; diese ist so eben vollendet und ausgestellt: Alle finden sie unübertrefflich ähnlich, dazu schön gearbeitet. Ein Bildhauer ist schlimm daran: er kann, wie der Kupferstecher, sein Werk 1000 Mal wiederholen; allein er hat nicht,

---

[1]) So spricht die niedere Volksklasse in England London aus.
[2]) Bezieht sich auf einen Brief, wo ich sage: „Carriere nimmt also in der „Philosophischen Zeitschrift" (Bd. 35, Heft 1) Ihre Partei dem Zimmermann gegenüber."
[3]) Vgl. Brief 17, Note 1.
[4]) S. den Anhang, S. 330.
[5]) Ich hatte vorausgesetzt, er besitze sie schon.

wie dieser, einen Verleger, der es anzeigt, sondern muß seine Hoffnung auf die Journalisten stellen. Daher habe ich den Dr. Brockhaus gebeten, wenn die Büste in Leipzig sich gezeigt haben wird, einen Artikel darüber in den Litt. Blättern zu machen. Eben so nun bitte ich Sie, der Sie mit manchen Journälen in Verbindung stehen (Morgenblatt:) ein gleiches zu thun, zu Gunsten der Künstlerin.
Do, — there's a good fellow.

Herzlichen Dank für Ihr Büchelchen[1]): aber da es, bis auf ein Paar Noten, nicht mehr enthält, als die Programm-Auflage, welche größer und schöner gedruckt ist, und Sie so wenige Exemplare haben, werde ich mir erlauben, Ihnen dieses, als mir überflüssig und Ihnen nöthig, nächstens zurückzusenden.

Vielen und aufrichtigen Dank für Ihre litterarischen Notizen! am meisten für die der Novellen-Zeit. — und der Konstitutionellen: denn von beiden hätte ich ohne Sie nichts erfahren, und habe müssen die Blätter kommen lassen. Die in der Nov.-Ztg.[2]) ist von einem Dresdner Advokaten, den der Baron E. mir vorstellte, dessen Namen ich aber vergessen habe; ich sprach am Abendtisch mit dem Herrn, von der Leber weg, ohne zu ahnen daß Alles was ich sagte in die Zeitung käme: welche abscheuliche Indiskretion! Im Ganzen ist was er mich sagen läßt wahr, aber die Geschichten sind zum Theil ganz verballhornt, z. B. die über Kammerdiener, über Kant, und die Photographen, in welcher letztern er 3 verschiedene Geschichten in eine zusammengegossen hat. Die Madame in der Novellen-Zeitg.[3]) ist augenscheinlich erbost, daß ich nicht mit ihr habe konversiren wollen, sondern mein taubes Ohr vorschützte: — das hätte nämlich einen Artikel geben sollen, die Zeche im Hotel zu bezahlen! Aber mit mir war nichts zu machen. Also mit der Bentley Review ist nichts.[4]) Die Engländer, wie die Fran-

---

[1]) Meine oben (Brief 19) erwähnte Programmschrift erschien unter dem dort (Anmerkung 2) angeführten Titel in Separatausgabe bei Trübner in London und C. F. Fleischer in Leipzig, 1859.
[2]) Irrthümlich für „Constitutionelle Zeitung" (1. Octob. 1859). Vgl. Lindner, ut supra S. 123.
[3]) Vom 14. November 1859.
[4]) Ich hatte ihm den Bericht eines meiner Freunde in London über den betreffenden Artikel mitgetheilt, der also lautete: „I read trough the article on German philosophy, which is short and not very profound. It makes no mention of Schopenhauer's, but principally dwells on Schelling, Fichte and Hegel, and the gist of the whole is, that as all these philosophers have assumed unity as the ultimate basis of all, and this has not led to a satisfactory result, let somebody set out from Dualism."

zosen, tragen sich noch immer mit den von den Deutschen abgelegten Lumpen, — ich meyne mit den drei Sophisten: Wird bald anders kommen. Nach Urtheil des Economist ist jetzt die National Review die eigentlich philosophische.

Quandt's Buch[1]) ist mir nicht übersandt worden, vielleicht durch Schuld der Buchhändler: habe es aus dem Laden gehabt und darin geblättert: mein guter alter Freund verstieg sich darin in Dinge, die über seiner Sphäre lagen.

Rosenkranz im 2ten Band seiner logischen Uebäh[2]), macht mich schlecht und widerlegt mich, daß es eine Freude ist. — Noak im 2ten Bd. über Schelling belehrt uns, daß ich Alles von Fichte und Schelling gestohlen habe. — Carrière[3]) läßt nur nebenher ein Paar Worte über mich fallen. Sie hoffen mich zu Grabe getragen zu haben: sollen sich wundern!

„Den Teufel merkt das Völkchen nicht,
Und wenn er sie belm Kragen hätte."

Göbel's Kupferstich, nach seinem Bilde, ist so gut wie fertig, wird bald erscheinen.

Sie können mir keinen größern Gefallen thun, als durch Mittheilung alles dessen, was über mich geschrieben wird, so weit Sie es bemerken. Denn gewiß erfahre ich nicht die Hälfte davon. Hier ist Abbera. —

Der Druck der 3ten Auflage[4]) ist vollendet: ich habe Brockhaus beauftragt, Ihnen ein Exemplar zuzustellen, welches ich anzunehmen bitte, als ein Zeichen meiner Anerkennung Ihrer Verdienste in philosophiam meam. Die Anmerkung Bd. 2, p. 39, wird Ihnen zu lachen geben. Somit wünsche Ihnen gute Gesundheit.

Frankfurt, 10. November 1859.

Arthur Schopenhauer.

21.
Werther Herr Dr. Asher.

Ich habe Ihnen noch meinen Dank abzustatten, für Ihre Theilnahme an meinem Geburtstag: es wäre früher geschehn, hätte ich nicht auf die

---

[1]) S. Anhang, S. 39.
[2]) „Wissenschaft der logischen Idee." Theil 2. „Logik der Ideenlehre" (Königsberg 1859), S. 326, 413, §. 417.
[3]) In seiner „Aesthetik" (Leipzig, F. A. Brockhaus, 1859).
[4]) Seines Hauptwerkes.

neue Schrift¹) gewartet, welche Sie mir in Ihrem Briefe als nächstens nachkommend verhießen. Ich habe kein Exemplar von Ihnen erhalten, jedoch eines gekauft, wiewohl gegen meine Absicht. Der Buchhändler schickte mir eins zur Ansicht, und in dem Wahn, es wäre von Ihnen für mich eingeschickt, schnitt ich es sofort auf, habe es also behalten müssen. Jedoch habe ich es nicht gelesen; ich stieß nämlich sogleich auf S. 32 und auf die Anmerkung S. 44, darin die Hauptreligion auf Erden²) quite cooly (sic) ignorirt wird: demnach ist dieses Buch mir ganz antipathisch, und bleibt ungelesen.

Ich hatte auch sonst keine Eile, Ihre Briefe zu beantworten, da solche keine mich berührende Notiz enthalten, dergleichen Sie mir doch schon so manche, mir überaus schätzbare, haben zukommen lassen. Dies ist das Eine, was mir Noth thut, da ich nicht die Hälfte erfahre von dem, was über mich geschrieben wird. Gerade dieserhalb habe ich Sie so oft und nachdrücklich ersucht, Ihre Briefe nicht zu frankiren, damit Sie, ohne das leiseste Bedenken, was Ihnen in der Art vorkommt, mir sofort mittheilen. Jede Notiz der Art ist mir 10 Mal das Porto werth. Also bitte ich, mich ferner damit zu bedenken.

In den litt. Blättern³) steht eine sehr lobende Recension Ihres Faust-Buchs: aber werden Sie nicht stolz darauf: es ist ein puff indirect für meine 3te Auflage, im Interesse des Herrn Brockhaus.⁴)

Was Sie in Ihrem Aufsatz über den Shakespeare sagen⁵), ist vielleicht richtig, — zeugt aber leider von Ihren beständigen Heirathsgedanken: nun, let a wilfull (sic) man have his way.

¹) Mein: „Der religiöse Glaube. Eine psychologische Studie. Als Beitrag zur Psychologie und Religionsphilosophie." (Leipzig, Arnold, 1860).
²) Er meint: die buddhaistische. Was es mit dieser Schrift für eine Bewandniß habe, ist im Vorwort zu derselben von mir auseinandergesetzt worden. Welche Stelle er mit S. 32 bezeichnen will, ist nicht ganz klar; sie scheint sich jedoch, wie Frauenstädt in einem Briefe an mich annimmt, auf meine Bekämpfung der Apriorität des Causalitätsbegriffes zu beziehen. Da mir diese Bekämpfung auch scharfen Tadel vom Professor Fortlage (in den „Blättern für literarische Unterhaltung") zugezogen hat, so benutze ich diese Gelegenheit, ihn darauf aufmerksam zu machen, daß ich vom Ursprung der Begründung jenes Kantischen Satzes rede und verweise ihn auf Hume und auf B. Suhle's „Antimetaphysische Untersuchungen", Theil 1 (Berlin, 1862.)
³) „Blätter für literarische Unterhaltung", Nr. 12 Jahrg. 1860. Der Verfasser war H. Marggraff.
⁴) Die Stelle spricht für sich selbst und bedarf keines Commentars.
⁵) In den in London erscheinenden „Notes and Queries", Nr. 190, 1859 (und später in den „Blättern für literarische Unterhaltung") veröffentlichte ich ein „Autobiographical Passage in Shakspeare's Tempest", und suchte den Beweis zu führen, daß die Stelle IV., 1, wo Prospero den Ferdinand in den Worten: „Therefore

Ich arbeite jetzt an der 2ten Auflage meiner Ethik, die hoffentlich im August erscheinen wird.

Ihnen bessere Gesundheit und frohen Muth wünschend,
der Ihrige

Frankfurt, den 1. April 1860.
Arthur Schopenhauer.

22.
Werther Herr Dr. Asher.

Vielen Dank für Ihre Notiz[1]), die durchaus nicht überflüssig war, da ich nichts von solcher Kritik wußte. Aber es ist die schlechteste, die noch geschmiert worden: das ist ja ein E... aller E...! Schaden kann mir dies Zeug durchaus nicht: vielmehr wirkt es günstig: ask Dr. Johnson, he'll tell you all about it. Ich nehme jene Stimmen der Zeit, welche heißen sollten Stimmen der E— —,schon längst nicht mehr in die Hand. Sie sehn also, wie nöthig mir alle solche Notizen sind, und hoffe ich, daß Sie mir freigebig zukommen lassen werden was Ihnen vorkommt.

Ihr mir zugedachtes Exemplar[2]) ist mir vorige Woche auf dem Bürgerverein (Club) vom Sekretair zugestellt worden, in abgeriebenem Umschlag. Da ich das Buch, wie gesagt, schon besitze, ist es vernünftig, daß ich Ihnen dies Exemplar zurücksende, da Sie doch Einen oder den Andern damit erfreuen können: ich muß aber die Ueberschrift wegen des †-Kouverts, abschneiden. Danke für guten Willen. Es soll morgen abgehn.

Eigene Wirthschaft probiren? nun es ist gut zur Probe. Aber mihi est propositum, in taberna mori.

Meine Büste läßt sich noch immer nicht sehn, und scheint es, daß die Ney noch jetzt damit in Hannover sitzt, woselbst Niemand im Stande sein soll, sie abzugießen. Statt dessen hat sie mir ein Photograph geschickt, sie selbst, neben meiner Büste, darstellend; sehr artig.

Ich arbeite fleißig an der 2ten Auflage der Ethik und lese wenig, als was darauf in Beziehung steht: wie kurz ist doch der Tag!
Mit Freundschaft und Ergebenheit

Frankfurt, den 15. April 1860. Arthur Schopenhauer.

---

take heed, as Hymen's lamp shall light you", vor Uebereilung warnt, auf eigener Erfahrung des Dichters beruhen müsse.

[1]) Ich hatte ihm mitgetheilt, daß die „Stimmen der Zeit" eine Kritik seiner Philosophie von Dr. E. Löwenstein enthielten.

[2]) Der im vorigen Briefe (Anmerkung 1) erwähnten Schrift.

23.

Werther Herr Dr. Asher,

Ich danke für Ihre Mittheilungen¹), davon mir blos der Artikel der Tante Voß, weil zugesandt, bekannt war. Die andern scheinen bloße Anführungen, also unbedeutend: doch wollte ich, daß Sie die Seitenzahlen hinzugefügt hätten.

Ob Sie hier einen angemessenen Wirkungskreis finden könnten, weiß ich nicht zu sagen, da ich in großer Zurückgezogenheit lebe. Aber ein neuer Ankömmling findet überall große Schwierigkeiten: zumal hier, wo jeder Erwerb nur den Fr. Bürgern erlaubt ist.

Ja, ja! Jeder erhält von Zeit zu Zeit so ein argumentum ad hominem zu Gunsten meines Pessimismus²), — der also das Beste davon hat.

Fahren Sie ja fort mir zu melden, was Ihnen vorkommt, und hoffentl. auch, daß Sie meinen Rath befolgt haben und wieder fest im Sattel sitzen, worüber sich freuen wird

most truly yours

Frankfurt, den 16. Juni 1860.

Arthur Schopenhauer.

24.

Werthester Herr Dr. Asher.

Mit herzlichem Bedauern habe ich ersehn, daß Sie Ihre Stelle verloren haben: da ich aber dagegen keinen Rath mehr weiß, habe ich mich nicht beeilt Ihnen zu antworten. Sollte nicht vielleicht das Comité von selbst auf bessere Gedanken gekommen seyn? Der allgemein grassirende Reiseteufel wird nun also auch Sie ein Weilchen herumgeführt haben. — Mir hat er nichts an. I like my rest: there's no place like home.³)

Der Brief des Prutz (there's something in names — Tr. Sh.⁴) erfolgt einliegend zurück, mit aufrichtigem Dank, da er mir interessant war: ich sehe gern ein wenig hinter die Coulissen. Der Prutz ist ein

---

¹) Sie bezogen sich auf eine Erwähnung Schopenhauer's in „Justi's ästhetischen Elementen der Platon'schen Philosophie", Osten-Sacken's Schriftchen über „Baader und St.-Martin", B. Golz, im 2ten Bande seines „Die Deutschen", und in der „Voß'schen Zeitung" vom 29. April und 1. oder 2. (?) Mai 1860.

²) Ich war damals eben mit dem Verlust meiner Stelle an der Leipziger Handelslehranstalt bedroht und, Dank den Manövern eines Collegen, verlor ich dieselbe.

3) Wie ahnungsvoll!

4) Tristram Shandy.

Erz-Philister, — das habe ich daraus abgenommen. Diese Journalisten lesen nichts; aber durchblättern Alles.

Was Prutz in der von mir unterstrichenen Stelle sagt, ist das Selbe, welches 1804 Wald in seiner akad. parentatio über Kant sagt: „zwei Parteien, in welche die philos. Welt in Absicht des Kantischen Systems getheilt ist, wovon die eine aus enthusiastischen Verehrern, die andre aus erklärten, sogar erbitterten Gegnern desselben besteht." Reicke, Kantiana, 1860, p. 22.

In Böhmen ist ein Herr, der, nach eigner Aeußerung, mein Bildniß alle Tage frisch bekränzt!!

Die Ethik ist fertig, wird noch diesen Monat erscheinen. Brockhaus hat Auftrag Ihnen ein Exemplar zuzustellen.

Die Büste der Ney ist endlich gekommen: sie wird in Berlin in der großen Ausstellung nächstens paradiren. Desgleichen in Wien, auch in Leipzig. Die Ney wendet sich deshalb selbst an Brockhaus. Wenn Sie Gelegenheit haben, bitte ich etwas mit zu fistuliren, besonders aber mir ja Alles zu melden was Ihnen vorkommt on the subject of
your old well wisher

Frankfurt, den 18. August 1860.
Arthur Schopenhauer.

Dies war sein letztes Schreiben an mich. An seinem Todestage, Freitag, den 21. September 1860, erhielt ich die neue Auflage der „Ethik". Im Codicill zu seinem Testament vom 4. Febr. 1859 hatte er mich mit seiner goldenen Brille nebst Bronzefutteral bedacht.

Anhang.[1]

1.

Sie haben mich, hochzuverehrender Herr, sehr erfreut und dadurch zur Dankbarkeit verpflichtet, daß Ihr Aufsatz in Nr. 50 der Blätter für lit. Unterhaltung[2], Schopenhauer's Verdiensten volle Gerechtigkeit wiederfahren läßt.

Schopenhauer ist der einzige Freund, der mich auf meinem langen Lebenswege bis jetzt mit liebevoller Theilnahme begleitet hat und in allen Erinnerungen an die entscheidendsten und gehaltreichsten Augenblicke steht er, sey es als handelnde Person oder berathender Beobachter, vor mir.

Ich bin überzeugt, daß seinem liebebedürftenden, oft gekränkten und überaus erregbaren Gemüthe die Vertheidigung, welche Sie gegen Weiß übernommen haben, sehr wohlthun wird. Darum hielt mich die Bedenklichkeit, Ihnen als ein unbekannter Mann zu schreiben, nicht ab, meinen Dank mit voller Wärme auszusprechen.

Was sind doch die Philosophen von Profession für wunderliche Heilige! sie legen einen Werth darauf, wer zuerst einen Gedanken, wie die Pythia, die sich ihrer Worte nicht deutlich bewußt wird, ausgesprochen hat, denn aus dem dunkeln Vortrag, worauf sich diese Herren noch etwas zu gute thun, kann man auf die Verworrenheit ihrer Reflexionen schließen. Der Ausspruch „le style c'est l'homme" ist in Beziehung auf philosophische Schriften überaus wahr und Sie haben sehr recht in Schopenhauer's Styl die Klarheit seines Denkens zu erkennen.

---

[1] Dieser Brief wurde mir durch die Brockhaus'sche Verlagshandlung, an welche ihn Hr. von Quandt, der meinen Aufenthalt nicht kannte, für mich adressirt hatte, zugestellt.

[2] Vgl. Brief 4.

Ich bestreite dem Schelling sogar das Altersvorrecht auf den Gedanken, welchen Schopenhauer in seinem Werke „Die Welt als Wille und Vorstellung" entfaltet hat. Dieser Gedanke liegt schon als Keim in den Worten Kant's: „Diese Zufälligkeit seiner Form bei allen empirischen Naturgesetzen in Beziehung auf die Vernunft, da die Vernunft, welche an einer jeden Form eines Naturproducts auch die Nothwendigkeit derselben erkennen muß, wenn sie auch nur die mit seiner Erzeugung verknüpften Bedingungen einsehen will, gleichwohl aber an jener gegebenen Form diese Nothwendigkeit nicht annehmen kann, ist selbst ein Grund, die Causalität derselben so anzunehmen, als ob sie eben darum nur durch Vernunft möglich sey; diese ist aber alsdann das Vermögen, nach Zwecken zu handeln (ein Wille), und das Object, welches nur als aus diesem möglich vorgestellt wird, würde nur als Zweck für möglich vorgestellt werden." Kritik der Urtheilskraft §. 63. Kant ist nun einmal unsere Centralsonne in und um deren Licht alle Gedanken kreisen und es kommt bei Philosophen wie bei Planeten nur darauf an, welcher die weiteste Sphäre durchwandert, dies aber ist mir an Schopenhauer's Philosophie das Bewundernswürdige, denn sie umfaßt das All. Der Wille ist das Substrat alles Seyns. Alles ist durch den Willen und der Wille selbst ist ein Wirkliches durch alles was ist und nicht blos ein abstracter Begriff oder etwas Subjectives, wie bei Kant.

Schopenhauer hat dadurch eine Kettenbrücke von Schlüssen über die Kluft geschlagen, welche bisher, Idee und Ding trennte, die Idee ist das Gewollte und zugleich das Ding an sich, so daß Schopenhauer's Gedanke unendlich fruchtbar und folgenreich ist. Eines nur kann ich nicht begreifen, die von ihm geforderte Abnegation des Willens, denn, wie ist das Wollen nicht zu wollen, es bleibt das Nichtwollen doch immer ein Wollen.[1]) Nur dem egoistischen Willen zu entsagen und solchen in Harmonie mit dem Allwillen zu setzen, ist die Aufgabe, wie denn auch der am glückseligsten ist, welcher am naturgemäßesten lebt, womit ich nicht den Wilden meine, denn die Natur will auch die Entwicklung des Intellect und dieser entscheidet was wir wollen dürfen.

Es ist mir unbekannt wie Weiß über Schopenhauer urtheilt, allein es überschreitet doch wohl nicht die Grenzen der Schicklichkeit, aber in des frommen Immanuel Herrmann Fichte Anthropologie, welche die Monadenlehre von Leibnitz sammt dem Prästabilismus mit Theologie ausstaffirt, jede Seele von Gott mit einem aus Aether gebildeten unsterb-

---

1) Dasselbe Bedenken findet man in meinem „Offenes Sendschreiben" 2c., S. 16, ausgesprochen.

lichen Leib geschaffen werden läßt und die Offenbarung für eine höhere, die Wahrnehmung übersteigende, vervollständigende Erfahrung erklärt, und von der Philosophie verlangt Theosophie zu werden, wird Schopenhauer auf eine rohe und empörende Weise angegriffen. Ich verfaßte eine Entgegnung, allein die Redaction welcher ich solche übersendete, hat mir meine Schrift zurückgeschickt und ich mag nicht von Thür zu Thür gehen, um Einlaß zu suchen. Seitdem mein Organ „Allgemeine Monatsschrift für Wissenschaft und Literatur" verstummt ist, bin ich sprachlos geworden, das ist so der alten Leute Schicksal. Doch wird Schopenhauer schon andere Vertheidiger finden, obwohl jetzt wenige den frommen Heuchlern zu widersprechen wagen.

Meine Feiertagsfreuden waren, mich mit Ihnen zu unterhalten, und ich hoffe, daß Sie diesen Beweis meiner Hochachtung wohlwollend aufnehmen, mit welcher ich verbleibe

Ihr
ergebenster

Dresden, den 26. Decbr. 1856.   J. G. v. Quandt.

2.[2])

Schon Ihre Verehrung meines Freundes Schopenhauer verschafft mir, wie ich hoffen darf, die Erlaubniß, Ihnen verehrter Herr Doctor, beifolgende Abhandlung[1]) zu überreichen.

Obwohl vom realistischen Standpunkt aus, die Welt nicht als Schein sondern als ein Ding an sich betrachtet werden muß und nicht blos der Wille, als unmittelbare, innere Erfahrung für mich Gewißheit hat, denn auch die sinnliche Wahrnehmung der den Raum erfüllenden Materie, giebt mir eine genügende Sicherheit des Wissens, so bin ich doch einer der wärmsten Verehrer der Schopenhauer'schen Philosophie, die man wohl auch als Metaphysik betrachten kann, weil der Wille etwas körperloses, eine Thatsache des Bewußtseins und nach meines Freundes System Alles, und außer dem Willen nichts ist.

---

[1]) Dieser Brief war von einem den 8. August 1859 datirten Schreiben des Hrn. G. von Quandt begleitet, darin er mir schrieb: „Ew. Wohlgeboren erlaube ich mir das letzte Schriftchen meines Vaters zu übersenden, dessen Erscheinen er leider nicht mehr erleben sollte. Unter meines Vaters Papieren fand sich im Concept an Ew. Wohlgeboren ein Brief, den ich in Abschrift beilege."
[2]) „Wissen und Seyn. Eine realistische Abhandlung zur Ausgleichung des Spiritualismus und Materialismus von J. G. von Quandt." (Dresden, Burdach, 1859.

Um mich mit Materialisten und Spiritualisten zu verständigen, mußte ich einen Standpunkt zwischen beiden, den realistischen, einnehmen, denn ein entgegengesetzter rein abstracter, wie der Schopenhauersche, liegt wohl höher, aber in einer solchen Abgeschiedenheit, welche keine Berührung und keine gegenseitige Uebereinkunft zuläßt.

Dennoch scheint mir es die Aufgabe der Philosophie, ein Centrum für das Denken zu finden, wo alle Gegensätze aufgehoben werden, wie alle prismatische Farben im Brennpunkte zu reinem Licht sich ausgleichen. Nur auf synthetischem Wege gelangen wir zu einer Einheit der Mannichfaltigkeit, einem Einssein des Verschiedenen, indeß die analytische Methode das Mannichfaltige von dem gemeinschaftlichen Einen abstreift. Jenes Verfahren möchte ich für ein recht eigentliches constructives, das andere für destructiv halten, was mir die Philosophen von Fach verzeihen mögen, die einen gleichen den Bildnern, die andern den Anatomen, welchen das dürre Gerippe bleibt.

Wenn ich nun auch meinen eignen Weg gegangen bin, so findet doch kein contradictorischer Widerspruch zwischen Bewußtsein und Willen statt, vielmehr scheint mir das Wissen und Seyn eines Zieles, wohin der Wille strebt.

Ich hoffe daher, daß Sie meine Abhandlung nachsichtig aufnehmen, durch deren Uebersendung ich ein Zeichen meiner Hochachtung geben möchte, mit welcher ich verbleibe

Ew. Wohlgeboren

ergebenster

v. Quandt.

Beilage A.

Arthur Schopenhauer's Ansicht über Musik.[1]

Diese Hefte haben, wie der Herausgeber in der Einleitung erklärte, der „Neuen Zeitschrift für Musik" gegenüber eine erweiterte Bestimmung, sie betrachten zwar die Musik, sowie überhaupt Poesie und Kunst als ihren Mittelpunct, sollen aber zugleich näher oder entfernter damit in Verbindung Stehendes zur Sprache bringen. Es sind daher dieselben vorzugsweise geeignet, um auf eine Erscheinung aufmerksam zu machen, welche im hohen Grade Beachtung verdient: A. Schopenhauer's Philosophie und speciell dessen Auffassung der Tonkunst. Mag man derselben beitreten oder nicht, jedenfalls wird man ihr Originalität zugestehen müssen. Zwei Gründe sind es, welche mich bestimmen hier nur die Musik in's Auge zu fassen und Schopenhauer's Betrachtung der übrigen Künste auszuschließen: einmal ist, was diese letzteren betrifft, dieselbe schon anderweitig vorgetragen worden, und man kann annehmen, daß Aesthetiker, Schriftsteller und Dichter, denen derartige Untersuchungen überhaupt näher liegen, damit schon bekannt sind, während dies nicht in gleichem Grade von der Tonkunst und den Tonkünstlern gesagt werden kann; sodann aber und hauptsächlich sind derartige Untersuchungen über Musik überhaupt noch so selten, daß sie auch aus diesem Grunde eine besondere Beachtung verdienen.

Ehe ich indessen auf die nähere Darlegung der Ansicht Schopenhauer's eingehe, sehe ich mich genöthigt, einige einleitende, allgemeine Bemerkungen voranzuschicken. Es handelt sich nämlich hier zunächst um die Stellung der Musik unter den Künsten überhaupt, eine Frage, die, wie sich's später

---

[1] Aus Brendel's „Anregungen", April 1856 u. November 1860.

zeigen wird, auch unserm Philosophen sich aufdrängte und bei deren Untersuchung sich ihm das Wesen der Musik erschloß. Viele wollen zwar von einer Rangordnung der Künste gar nichts wissen, und weisen jede Frage über den höhern oder niedern Rang der einen oder der andern Kunst ungehalten zurück. Für sie giebt es blos die Kunst überhaupt, und Architektur, Sculptur, Malerei, Musik und Dichtung sind ihnen nur verschiedene Ausdrucksweisen, die das Genie vermöge seiner inneren Anlagen sich wählt oder vielmehr ergreift, um das Schöne und Erhabene zur Anschauung zu bringen. Es erinnert diese Auffassung an die berühmte Fabel von den drei Ringen, die Lessing so treffend zu verwenden gewußt. Man könnte nämlich die Künste mit den verschiedenen Religionen vergleichen und behaupten, daß wie diese himmlisch geborenen Töchter bei den abweichendsten Formen dennoch alle darauf hinauslaufen, das Göttliche darzustellen und zur Anerkennung zu bringen, so auch die ihnen ebenbürtigen Künste alle gleichmäßig die Idee oder das dem Künstler vorschwebende Ideal zu verwirklichen suchen. Indessen dürfte eine nähere Betrachtung schon bei den Religionen zu einem andern Ergebniß führen. Sie wird bald deutlich machen, daß es auch hier Grade der Vollkommenheit giebt, daß die verschiedenen Religionssysteme, wie sie im Laufe der Zeit sich entwickelt und aufeinander gefolgt sind und im Raume noch bis heute nebeneinander bestehen, je eine höhere oder niedere Stufe mit Hinsicht auf die Reinheit ihrer Anschauung vom Schöpfer und seiner Schöpfung sowohl, als auch in Bezug auf ihre Sittenlehre einnehmen, und wird man, auf diesem Gebiete freilich nicht vorurtheilsfrei, der einen oder der andern den Vorzug zuerkennen. Aehnlich verhält es sich mit den Künsten. Hier wird der Stoff oder das Medium, vermittelst dessen der Künstler die Idee zur Anschauung zu bringen sucht, für die umfassendere oder beschränktere Darstellungsfähigkeit seiner Kunst maßgebend sein. Von diesem Grundsatze ausgehend, hat die Hegel'sche Philosophie eine Rangordnung der Künste aufgestellt, nach welcher dieselben in eben angedeuteter Weise aufeinander folgen. So hat noch Rosenkranz, in seinem geistreichen Werke „Aesthetik des Häßlichen", jene Rangordnung festhaltend, einzelne treffende Bemerkungen über die Aufgabe der verschiedenen Künste fallen lassen. Als derjenige Hegelianer, welcher nächst Hotho am eifrigsten der Aesthetik sich zugewendet hat, mag ihm hier als Vertreter der Ansichten jener Schule das Wort vergönnt werden. Jede Kunst, heißt es bei ihm, kann das Schöne nur innerhalb ihres specifischen Mediums darstellen. Die Baukunst soll die Materie durch die Materie heben und tragen lassen, hat also den Schwerpunct zu betrachten, dann aber soll die Materie sich zum Himmel hinaufschwingen, das ist ihr Schwung, ihre Freiheit. In der Säule kündigt der Architekt schon die Sculptur an, so wie die Sculptur im Relief die Malerei. Diese drückt die Wärme des individuellen Lebens schon mit solcher Macht aus, daß der Ton nur zufällig zu fehlen scheint; doch sind die Töne der Farben noch kein wirklicher Klang. Die Musik erst schildert in Tönen unsre Gefühle, die Poesie allein aber vermag es dieselben klar auszudrücken, sie ist der innerste Ausdruck des Geistes. Auf dieselbe Weise, wenn auch nicht genau in diesen Worten, sucht Rosenkranz den Zusammenhang der Künste und den immanenten Uebergang der einen in die andere zu verdeutlichen. Auch bei Vischer, in seiner vortrefflichen „Aesthetik oder Wissenschaft des Schönen", findet man eine ganz ähnliche Gliederung der Künste, die jedoch wieder auf eine Einheit zurückgeführt wird. Die Erklärung hat auf den ersten Anschein etwas sehr plausibles; man kann fast nicht umhin ihr, ihrer logischen Schärfe wegen, Beifall zu zollen, und doch sträubt man sich im Innern dagegen sie vollständig gelten zu lassen. Man fragt sich, wie, sollte die „göttliche Kunst", die Musik, die so mächtig auf uns wirkt, die eine so allgemein verständliche Sprache spricht, die so wunderbar alle Saiten unseres Innern zu berühren versteht, die mit wahrhaft zauberischer Kraft eben so leicht die heftigsten Leidenschaften in der Brust zu wecken wie sie zu besänftigen vermag, die uns bald zum höchsten Jubel, bald zur tiefsten Trauer stimmt, bald in namenlose Seligkeit, bald in unaussprechliche Wehmuth versetzt, — sollte die Kunst, welche die Dichter selbst besungen und gefeiert, der man so allgemein huldigt, und die sich namentlich in der Gegenwart einer so weit verbreiteten Pflege erfreut, nicht alle anderen Künste überragen, sollte nicht ihr der Vorzug vor ihren Schwestern gebühren? Da stellt sich Schopenhauer ein, die Frage bejahend, und macht die hervorragende Vortrefflichkeit der Musik wieder geltend. Aber wenn ein Dryden und ein Pope, ein Schlegel und eine Staël mit einander wetteifern die Kunst zu besingen, die Macht der Töne zu feiern oder durch ihre glühende Beredtsamkeit sie als die Tochter des Himmels zu verherrlichen; so thut Schopenhauer mehr, er befriedigt den denkenden und forschenden Geist und zeigt uns was es eigentlich an der Musik sei, das ihr eine solche Macht verleiht, weshalb ihr der Vorrang vor den übrigen Künsten zugestanden werden müsse. Seine Ansicht ist eben so neu wie überraschend. Da sie indessen mit seiner ganzen Weltanschauung innig verwachsen ist und allein aus ihr hervorgeht, so dürfte es hier am Orte sein, zum besseren Verständniß jener einige Worte über Schopenhauer's metaphysische Lehre voranzuschicken. Er selbst hat seine Philosophie mit dem hundertpfortigen Theben verglichen, weil, wie dort jedes Thor in die Mitte der Stadt führte, man durch jede Seite seiner Lehre oder jede einzelne Disciplin seines philosophischen Systems auf den Mittelpunct desselben gelange. Wer würde mir nicht willig folgen, wenn ich ihn unter musikalischer Begleitung hineinführe? — Das Endresultat der Kantischen Philosophie, wenn es kurz und prägnant ausgedrückt werden soll, war der die menschliche Erkenntniß so demüthigende, aber höchst folgenreiche Satz oder Gedanke, daß wir nur die Erscheinungen der Dinge (phänomena), nicht aber das Ding an sich (noumenon), zu erkennen im Stande sind. Der Fichte'sche Idealismus, die Schelling'sche Identitätsphilosophie und das Hegel= sche Absolute verdanken diesem Satze ihre Entstehung; während aber diese verschiedenen Systeme nach- und nebeneinander sich die Herrschaft streitig machten, und man besonders dem Hegel'schen fast allgemein huldigte, hatte Schopenhauer im Stillen und unbeachtet den großen Gedanken Kant's zu Ende gedacht und den Schleier gelüftet, welcher jenes Ding an sich für unser geistiges Auge bis dahin verdeckt hatte. Es ist bemerkenswerth und für die Unvollkommenheit des menschlichen Intellects, wie hoch auch der Grad den er erreicht, bezeichnend, daß Kant, der so glücklich entdeckt und so richtig nachgewiesen hat, wie wir selbst die Erscheinungen der Dinge nur vermöge unserer eigenen uns inwohnenden (a priori) Ideen von Raum, Zeit und Causalität zu erkennen im Stande sind, nicht im entferntesten daran gedacht, daß wir auch für die andere Seite der Welt, für das Ding an sich, den Schlüssel in uns tragen. Man war aber seit Cartesius und seinem cogito, ergo sum zu sehr von dem Wahne befangen, im Intellect alles suchen zu müssen, als daß selbst ein Kant sich ganz hätte davon befreien können. Indessen mochte er nach seinem fruchtbaren Gedanken, den er wie ein Saamenkorn in den deutschen Boden geworfen, wo er wuchernd aufging, eine Ahnung gehabt haben, daß wir doch noch auf einem anderen Wege zur Erkenntniß des Dinges an sich gelangen könnten — Schopenhauer schrieb sein unsterbliches Werk: „Die Welt als Wille und Vorstellung", kehrt die Ordnung der Dinge um, indem er dem Willen das Primat zuerkennt und dem Intellect nur eine se= cundäre Stellung einräumt, und bricht somit den Zauber, der die Geister gebannt hält. Alle Philosophen, sagt Schopenhauer, haben geirrt, indem sie den Intellect als das Prius (Erste) angenommen haben: nach ihm ist es der Wille, dieses innere, wahre und unzerstörbare Wesen des Menschen, welches jedoch an sich selbst bewußtlos ist. Er, der Wille, ist das Erste, der Intellect das Zweite. Der Wille ist me= taphysisch, der Intellect physisch, d. h. Erzeugniß des Gehirns. Der Wille, der sich in allen Wesen gleich bleibt, während der Intellect nicht nur unter den verschiedenen Wesen, sondern auch unter den Menschen selbst einer großen Verschiedenheit, Gradation, unterliegt, ist ihm das Ding an sich — in uns selbst es erkennend, erkennen wir auch die Welt als Wille; die Dinge aber, ja unser Leib selbst, in denen der Wille in die Erscheinung tritt, sich objectivirt, sind allein durch unsere Vorstellung bedingt und bilden die Welt als Vorstellung. Während nun der Wille, d. h. der bewußtlose, nicht von Erkenntniß geleitete Wille das unveränderliche in allen Dingen bleibt, objectivirt er sich doch stufenweise, nach dem principio individuationis, und tritt die Welt der Erscheinungen, oder die Reihe der Wesen, von den großen Himmelskörpern bis zum Menschen, in welchem der Intellect als Leuchte des Willens zur höchsten Entwickelung gedeiht, in unsere Vorstellung ein und umgaukelt sie gleichsam, als wären sie selbst das wahre, ewig Seiende. So senkt sich der Schleier der Majah (wie die alten Inder es bezeichnen) über unsre Augen, und verhüllt uns das wahre Wesen der Dinge. Wir stehen befangen vor den Erscheinungen da, und vermögen weder diese noch unser eigenes Dasein zu enträthseln. Da wenden wir uns entweder zur Kunst oder zur Philosophie; denn beide arbeiten gleichmäßig darauf hin, das Problem des Daseins zu lösen, diese vermittelst der Reflexion, jene vermittelst der Anschauung. Die Kunst, denn von ihr allein haben wir hier zu reden, geht von der Idee aus; sie, die ewige, den Dingen inwohnende und dem Willen bei der Objectivirung bewußtlos vorschwebende Idee, ist die wahre und einzige Quelle jedes ächten Kunstwerkes, und wie sie selbst für den Künstler anschaulich ist, so strebt auch er, ohne jedoch der Absicht und des Ziels seines Werkes im Abstracten sich bewußt zu sein, durch dasselbe die Idee zur Anschauung zu bringen.

Die verschiedenen Künste laufen nun bei Schopenhauer parallel mit der Objectivation des Willens, so daß auch bei ihm die Baukunst, die Sculptur, die Malerei in ihren verschiedenen Gattungen und die Dichtkunst in ihrer Reihenfolge und Rangordnung betrachtet werden. Obschon ich nicht gesonnen bin, seine treffenden Bemerkungen über jede einzelne dieser Künste hier zu reproduciren, so sei es mir doch erlaubt, ihn bei dem Uebergang zum eigentlichen Gegenstande dieser Abhandlung in seinen eigenen Worten[1] reden zu lassen. „Nachdem wir nun im Bisherigen", heißt es bei ihm, „alle schönen Künste, in derjenigen Allgemeinheit, die unserm Standpuncte angemessen ist, betrachtet haben, anfangend von der schönen Baukunst, deren Zweck als solcher die Ver-

---

[1] Die Welt als Wille und Vorstellung. 2. Aufl. 1. Bd. Leipzig, Brockhaus 1844. S. 289 ff., oder 3. Aufl. 301 ff.

deutlichnng der Objectivation des Willens auf der niedrigsten Stufe seiner Sichtbarkeit ist, wo er sich als dumpfes, erkenntnißloses, gesetz= mäßiges Streben der Masse zeigt und doch schon Selbstentzweiung und Kampf offenbart, nämlich zwischen Schwere und Starrheit; — und unsre Betrachtung beschließend mit dem Trauerspiel, welches, auf der höchsten Stufe der Objectivation des Willens, eben jenen sei= nen Zwiespalt mit sich selbst, in furchtbarer Größe und Deutlichkeit uns vor die Augen bringt; — so finden wir, daß dennoch eine schöne Kunst von unsrer Betrachtung ausgeschlossen geblieben ist und bleiben mußte, da im systematischen Zusammenhang unsrer Darstellung gar keine Stelle für sie passend war; es ist die Musik. Sie steht ganz abgesondert von allen andern. Wir erkennen in ihr nicht die Nach= bildung, Wiederholung irgend einer Idee der Wesen in der Welt: den= noch ist sie eine so große und überaus herrliche Kunst . . . daß wir gewiß mehr in ihr zu suchen haben als ein exercitium arithmeticae occultum nescientis se numerare animi, wofür sie Leibnitz ansprach." Die Zahlenverhältnisse, in welche die Musik sich auflösen läßt, können sich nicht, meint Schopenhauer, als das Bezeichnete, sondern selbst erst als das Zeichen verhalten. Gleichwohl müsse sie sich, denn das schließen wir aus der Analogie mit den übrigen Künsten, in irgend einem Sinne, wie Darstellung zum Dargestellten, wie Nachbild zum Vorbild, zur Welt verhalten, zu ihr eine Beziehung haben, und zwar eine sehr innige, wahre und richtig treffende, weil sie von Jedem augen= blicklich verstanden werde. Er sucht nun das Problem auf folgende Weise zu lösen.

„Die adäquate Objectivation des Willens sind die Ideen; die Er= kenntniß dieser durch Darstellung einzelner Dinge anzuregen, ist der Zweck aller andern Künste. Sie alle objectiviren also den Willen nur mittelbar, nämlich mittelst der Ideen" . . . „die Musik" aber „ist eine so unmittelbare Objectivation und Abbild des ganzen Willens, wie die Welt selbst es ist, ja wie die Ideen es sind, deren vervielfäl= tigte Erscheinung die Welt der einzelnen Dinge ausmacht."

„Die Musik ist also keineswegs, gleich den andern Künsten, das Abbild der Ideen; sondern Abbild des Willens selbst, dessen Ob= jectität auch die Ideen sind: deshalb eben ist die Wirkung der Musik so sehr viel mächtiger und eindringlicher als die der andern Künste, denn diese reden nur vom Schatten, sie aber vom Wesen. Da es in= zwischen derselbe Wille ist, der sich sowohl in den Ideen, als in der Musik, nur in jedem von beiden auf ganz verschiedene Weise objecti= virt; so muß zwar durchaus keine unmittelbare Aehnlichkeit, aber doch

ein Parallelismus, eine Analogie sein zwischen der Musik und zwischen
den Ideen, deren Erscheinung in der Vielheit und Unvollkommenheit
die sichtbare Welt ist. Die Nachweisung dieser Analogie wird als Er-
läuterung das Verständniß dieser durch die Dunkelheit des Gegenstandes schwierigen Erklärung erleichtern." —

Der Grundbaß ist ihm in der Harmonie, was in der Welt die
unorganische Natur, die roheste Masse, auf der alles ruht und aus der
sich Alles erhebt und entwickelt. Ferner erkennt er in den gesammten
die Harmonie hervorbringenden Ripienstimmen, zwischen dem Basse und
der leitenden, die Melodie singenden Stimme, die gesammte Stufenfolge
der Ideen wieder, in denen der Wille sich objectivirt. Die dem Baß
näher stehenden sind die niedrigern jener Stufen, die noch unorganischen, aber schon mehrfach sich äußernden Körper: die höher liegenden
repräsentiren ihm die Pflanzen- und die Thierwelt. — Die bestimmten
Intervalle der Tonleitern sind parallel den bestimmten Stufen der Objectivation des Willens, den bestimmten Species in der Natur. Das
Abweichen von der arithmethischen Richtigkeit der Intervalle ist analog
dem Abweichen des Individuums vom Typus der Species. — Am
schwerfälligsten bewegt sich der tiefe Baß, der Repräsentant der rohe-
sten Masse; diese langsame Bewegung ist ihm wesentlich. Schneller,
jedoch noch ohne melodischen Zusammenhang und sinnvolle Fortschreitung, bewegen sich die höheren Ripienstimmen, welche der Thierwelt
parallel laufen. Hier ist die Analogie mit der ganzen unvernünftigen
Welt, vom Krystall bis zum vollkommensten Thier, in der kein Wesen
ein eigentlich zusammenhängendes Bewußtsein hat, welches sein Leben
zu einem sinnvollen Ganzen machte, wie auch keines durch Bildung sich
vervollkommnet, sondern Alles gleichmäßig zu jeder Zeit dasteht, wie
es seiner Art nach ist, durch festes Gesetz bestimmt. In der Melodie
endlich erkennt er die höchste Stufe der Objectivation des Willens wieder, das besonnene Leben und Streben des Menschen. Gleich dem
menschlichen Leben nämlich, hat die Melodie allein bedeutungs- und
absichtsvollen Zusammenhang vom Anfang bis zum Ende. Sie erzählt
aber nicht blos die Geschichte des von der Besonnenheit beleuchteten
Willens, dessen Abdruck in der Wirklichkeit die Reihe seiner Thaten ist,
sondern auch seine geheimste Geschichte, sie malt jede Regung, jedes
Streben, alles das, was die Vernunft unter dem weiten und negativen
Begriff Gefühl zusammenfaßt. Daher auch hat es immer geheißen,
die Musik sei die Sprache des Gefühls und der Leidenschaft, sowie
Worte die Sprache der Vernunft. Wie nun das Wesen des Menschen
darin besteht, daß sein Wille strebt, befriedigt wird und von neuem

strebt, und so immerfort . . .; so ist dem entsprechend das Wesen der Melodie ein stetes Abweichen, Abirren vom Grundton auf tausend Wegen, nicht nur zu den harmonischen Stufen, zur Terz und Dominante, sondern zu jedem Tone, zur dissonanten Septime und zu den übermäßigen Stufen, aber immer folgt ein endliches Zurückkehren zum Grundton, wie das vielfache Streben des Willens zur Befriedigung. Die Erfindung der Melodie, die Aufdeckung aller tiefsten Geheimnisse des menschlichen Wollens und Empfindens in ihr, ist das Werk des Genius, dessen Wirken hier augenscheinlicher als irgendwo fern von aller Reflexion und bewußten Absichtlichkeit liegt und eine Inspiration heißen könnte. — Wie nun schneller Uebergang vom Wunsch zur Befriedigung und von diesem zum neuen Wunsch, Glück und Wohlsein ist; so sind rasche Melodien, ohne große Abirrungen, fröhlich; langsame, auf schmerzliche Dissonanzen gerathende und erst durch viele Tacte sich wieder zum Grundton zurückwindende sind, als analog der verzögerten, erschwerten Befriedigung, traurig. Ich übergehe die weitere Ausführung dieser Nachweisung der Analogien, die dem Musiker nun schon von selbst in die Augen springen werden, und mache nur mit S ch o p e n h a u e r darauf aufmerksam, daß man dabei nie vergesse, daß die Musik zu ihnen kein directes, sondern nur ein mittelbares Verhältniß hat; da sie nie die Erscheinung, sondern allein das innere Wesen, das Ansich aller Erscheinung, den Willen selbst, ausspricht. „Die Musik, als Ausdruck der Welt angesehen, ist eine im höchsten Grade allgemeine Sprache, die sich sogar zur Allgemeinheit der Begriffe ungefähr verhält wie diese zu den einzelnen Dingen. Wenn zu irgend einer Scene, Handlung u. s. w. eine passende Musik ertönt, so scheint sie uns den geheimsten Sinn derselben aufzuschließen und tritt als der richtigste und deutlichste Commentar dazu auf. Daß überhaupt eine Beziehung zwischen einer Composition und einer anschaulichen Darstellung möglich ist, beruht darauf, daß beide nur ganz verschiedene Ausdrücke desselben inneren Wesens der Welt sind. Wenn nun im einzelnen Fall eine solche Beziehung wirklich vorhanden ist, also der Componist die Willensregungen, welche den Kern einer Begebenheit ausmachen, in der allgemeinen Sprache der Musik auszusprechen gewußt hat; dann ist die Melodie des Liedes, die Musik der Oper ausdrucksvoll . . . Dies unaussprechlich Innige aller Musik, vermöge dessen sie als ein so ganz vertrautes und doch ewig fernes Paradies in uns vorüberzieht, so ganz verständlich und doch so unerklärlich ist, beruht darauf, daß sie alle Regungen unsers innersten Wesens wiedergiebt, aber ganz ohne die Wirklichkeit und fern von ihrer Qual." Ich füge noch einige Ergänzungen aus dem zweiten Theil hinzu.[1]) „Die vier Stimmen aller Harmonie" heißt es daselbst, also Baß, Tenor, Alt und Sopran, oder Grundton, Terz, Quint und Octav, entsprechen den vier Abstufungen in der Reihe der Wesen, also dem Mineralreich, Pflanzenreich, Thierreich und dem Menschen . . . Daß die hohe Stimme, welche die Melodie singt, doch zugleich integrirender Theil der Harmonie ist und darin selbst mit dem tiefsten Grundbaß zusammenhängt, läßt sich betrachten als das Analogon davon, daß dieselbe Materie, welche in einem menschlichen Organismus Träger der Idee des Menschen ist, dabei doch zugleich auch die Idee der Schwere und der chemischen Eigenschaften, also der niedrigsten Stufen der Objectivation des Willens, darstellen und tragen muß. — Da die Musik unmittelbar den Willen selbst darstellt, so ist hieraus auch erklärlich, daß sie auf den Willen, d. i. die Gefühle, Leidenschaften und Affecte des Hörers, unmittelbar einwirkt, so daß sie dieselben schnell erhöht oder auch umstimmt.

Die Worte sind und bleiben für die Musik (die eine selbstständige Kunst, ja die mächtigste unter allen ist) eine fremde Zugabe, von untergeordnetem Werthe, da die Wirkung der Töne ungleich mächtiger, unfehlbarer und schneller ist, als die der Worte; diese müssen daher, wenn sie der Musik einverleibt werden, sich ganz nach jener fügen. Umgekehrt aber gestaltet sich das Verhältniß in Hinsicht auf die gegebene Poesie, also das Lied und den Operntext, welchem eine Musik hinzugefügt wird; denn alsbald zeigt an diesem die Tonkunst ihre Macht und höhere Befähigung, indem sie jetzt über die in den Worten ausgedrückte Empfindung, oder die in der Oper dargestellte Handlung, die tiefsten, letzten, geheimsten Aufschlüsse giebt, das eigentliche und wahre Wesen derselben ausspricht und uns die innerste Seele der Vorgänge und Begebenheiten kennen lehrt, deren bloße Hülle und Leib die Bühne darbietet. Daß übrigens die Zugabe der Dichtung zur Musik uns so willkommen ist und ein Gesang mit verständlichen Worten uns so innig erfreut, beruht darauf, daß dabei unsere unmittelbarste (durch den Willen) und unsere mittelbarste (durch die Intelligenz bewirkte) Erkenntnißweise zugleich und im Verein angeregt werden. — Werfen wir jetzt einen Blick auf die bloße Instrumentalmusik, so zeigt uns eine Beethoven'sche Symphonie die größte Verwirrung, welcher doch die vollkommenste Ordnung zum Grunde liegt, den heftigsten Kampf, der sich im nächsten Augenblick zur schönsten Einigkeit gestaltet; sie ist ein treues und vollkommenes Abbild des Wesens der Welt, welche dahin-

---

[1]) Die Welt als Wille und Vorstellung 2. B. 2. Aufl. S. 446., oder 3. Aufl. p. 509.

rollt, in unübersehbarem Gewirre zahlloser Gestalten und durch stete Zerstörung sich selbst erhält.

Die Melodie besteht aus zwei Elementen, einem rhythmischen (quantitativen) und einem harmonischen (qualitativen). Beiden liegen rein arithmetische Verhältnisse, also die Zeit, zum Grunde. Das rhythmische Element ist das wesentlichste, da es für sich allein eine Art Melodie darzustellen vermag, wie z. B. auf der Trommel geschieht: die vollkommene Melodie verlangt jedoch beide. Sie besteht nämlich in einer abwechselnden Entzweiung und Versöhnung derselben. Das harmonische Element nämlich hat den Grundton zur Voraussetzung, wie das rhythmische (welches der Symmetrie in der Architektur analog ist) die Tactart, und besteht in einem Abirren von demselben, durch alle Töne der Scala, bis es, auf kürzerem oder längerem Umwege, eine harmonische Stufe, meistens die Dominante oder Unterdominante, erreicht, die ihm eine unvollkommene Beruhigung gewährt; dann aber folgt, auf gleich langem Wege, seine Rückkehr zum Grundton, mit welchem die vollkommene Beruhigung eintritt. Beides muß nun aber so geschehen, daß das Erreichen der besagten Stufe, wie auch das Wiederfinden des Grundtons, mit gewissen bevorzugten Zeitpuncten des Rhythmus zusammentreffe, da es sonst nicht wirkt... Nun besteht die Entzweiung jener beiden Grundelemente darin, daß, indem die Forderung des einen befriedigt wird, die des andern es nicht ist, die Versöhnung aber darin, daß beide zugleich und auf ein Mal befriedigt werden. Diese in der Melodie stattfindende beständige Entzweiung und Versöhnung ihrer beiden Elemente (Schopenhauer erläutert die Sache näher und führt sogar ein Beispiel an) ist, metaphysisch betrachtet, das Abbild der Entstehung neuer Wünsche und sodann ihrer Befriedigung.

Hieran schließt sich eine Erklärung der Dissonanz und Consonanz, des Dur und Moll, welche zwei letzteren allgemeinen Tonarten der Musik den zwei allgemeinen Grundstimmungen des Gemüths, Heiterkeit oder wenigstens Rüstigkeit und Betrübniß oder doch Beklemmung[1]), entsprechen. Statt also ein „unbewußtes Zählen" zu sein, ist die Musik nach Schopenhauer ein unbewußtes Philosophiren.

Hoffentlich ist dem Leser nun seine Ansicht über Musik klar geworden; um ihre Richtigkeit zu prüfen dürfte es rathsam sein, sein von ihm selbst angegebenes Verfahren, welches ihm das innere Wesen jener

---

[1]) So sind ja auch bei Spinoza alle Affecte der Seele auf laetitia und tristitia zurückgeführt.

göttlichen Kunst erschlossen, nämlich den Geist gänzlich dem Eindruck der Tonkunst in ihren mannigfaltigen Formen hinzugeben und dann wieder zur Reflexion und dem oben in Kurzem vorgezeichneten Gedankengange unsers Philosophen zurückzukehren, zu beobachten. — Wir möchten den zahlreichen Besuchern der Concerte keineswegs den reinen Kunstgenuß trüben, indem wir sie auffordern bei der Anhörung eines Musikstückes philosophische Betrachtungen anzustellen; wo ein angeborener Hang zur Speculation ist und ein innerer Drang nach Aufklärung über Alles, was den Sinnen und vermittelst ihrer dem Geiste geboten wird, sich fühlbar macht, da wird es von selbst geschehen; wo hingegen diese Bedingungen ermangeln, da wird auch die Aufforderung vergebens sein. Aber sollte wohl die Kunst zum bloßen Sinnenkitzel dienen? Sollte sie wirklich blos genossen werden dürfen, und sonst zwecklos sein? Wir glauben nicht; im Gegentheil sind wir der Meinung, daß sie veredelnd auf uns wirken, daß sie uns läutern, von der groben Sinnlichkeit befreien und uns erheben soll. Ein echtes Kunstwerk wird sich zwar diesen Zweck nicht als Aufgabe stellen, wird ihn aber unbewußt bei dem empfänglichen Gemüthe erreichen. Einem solchen wird eine Beethoven'sche Symphonie nicht blos Hochgenuß sein, sondern zugleich eine wirksame Predigt, eine Mahnung, im eigenen Innern jene Harmonie herzustellen, welche ihm aus dem Meisterwerke entgegentönt und dem ganzen Leben jene Weihe zu verleihen, die der Musik innewohnt und sie zur göttlichen Kunst stempelt.

II.[1])

Schon bei Aristoteles (Politik VIII. 5.) ergab sich aus seiner Betrachtung der verschiedenen Künste eine Rangordnung derselben. Was die Musik betrifft, so faßt er sie, der Bedeutung ihres Namens gemäß, ganz richtig als die sinnende Kunst auf und unterscheidet sie von der Malerei dadurch, daß diese in Formen und Farben die Zeichen von Seelenbewegungen ausdrücke, jene dagegen diese selbst in ihrer Darstellung sei. Unter den neueren Philosophen ist es besonders Schopenhauer, welcher die Musik einer tieferen Untersuchung gewürdigt und derselben ihre eigentliche Stellung unter den Künsten

---

[1]) Diesem zweiten in Brendel's Anregungen (November 1860) veröffentlichten Aufsaze ging ein Nachruf an den Verstorbenen voran. Diesen hielt ich nicht für nöthig, hier wiederzugeben; auch in der Einleitung des Aufsates selbst habe ich eine bereits im Vorangegangenen enthaltene erläuternde Stelle gestrichen.

anzuweisen sich bemüht hat. Seine Auffassung der Tonkunst ist wesentlich dieselbe, wie die des Aristoteles.

In einer früheren Abhandlung habe ich des Letzteren Ansicht weitläufiger dargestellt, hier sei es mir gestattet, sie näher zu begründen. Wenn wir von der „Stille der Gruft", einem „Verstummen im Grabe" reden und Schweigen das Merkmal des Todes ist, so ist als Gegensatz Lautwerden ein Merkmal des Lebens. Das Kind tritt in der Regel mit einem Geschrei in die Welt ein: es äußert zum ersten Male den Willen zum Leben. Das Schreien in den ersten Kinderjahren, das die besorgte Mutter so oft in Angst versetzt und ihr die trostlose Erklärung abnöthigt, sie wisse nicht, was das Kind wolle, ist häufig nichts Anderes, als Aeußerung des Willens zum Leben, oder in anderen Worten: „der Lust am Dasein." Der Gesang der Vögel im Walde, eben so wie das Jodeln des Bergbewohners, oder das unser Ohr so oft beleidigende Pfeifen und Trillern des von Lebenslust strotzenden Straßenbuben sind sämmtlich Ausdrücke desselben Gefühls. Aber auch in jedem Lebensalter und auf jeder Bildungsstufe wird die fröhliche Stimmung, also der gesteigerte Wille zum Leben, unwillkürlich durch Töne, sei es durch selbstgeschaffene oder in der Erinnerung aufbewahrte, sich äußern, wird er laut werden. Durch die ganze belebte Schöpfung, wenigstens so weit sie sich nur einigermaßen durch ihren äußeren Bau von der Scholle erhoben hat, geht dieser Drang hindurch; im Menschen erzeugt er, sobald der Geist anfängt, thätig zu werden und das dumpfe Gefühl zur klaren Erkenntniß, zum Bewußtsein wird, die Sprache als Ausdruck des Geistes, der Vernunft einerseits und den Gesang als Ausdruck der Empfindungen andererseits.[1]) Die Leidenschaft, die stärkere Gemüthserregung, der intensive Wille zum Leben begnügt sich nicht mehr mit der Sprache, sondern schafft sich seinen eigenen kräftigen Ausdruck, geht unbewußt wieder auf den Naturzustand zurück und äußert sich durch einzelne Laute, durch Interjectionen, bis in der wachsenden Beklommenheit auch diese ihm nicht mehr zu Gebote stehen und ihm nur noch der Seufzer übrig bleibt. Wir sind hier an der Grenze der Aeußerungen des Willens zum Leben angelangt, in sofern nämlich der Seufzer die leiseste, matteste ist; aber wie überall, so gilt auch hier der Satz: „les extrêmes se touchent." Nur der Mensch vermag zu seufzen, und je höher die Bildungsstufe,

---

[1]) „Les chants", sagt Bichat, „sont le langage des passions, de la vie organique, comme la parole ordinaire est celui de l'entendement, de la vie animale." (Citirt nach Schopenhauer's W. als W. u. V. 3. Aufl. II. S. 298).

die er erreicht hat, je reiner sein Gemüth, je veredelter seine Seele, je hellsehender sein geistiges Auge, desto häufiger muß leider ein Seufzer seiner Brust entfahren. Schon der Neger kann nicht seufzen, geschweige das Thier. So ist also dieser schwächste Ausdruck zugleich der geistig höchste. In ihm ist Philosophie und Poesie concentrirt und verschmolzen Der tiefe Denker und der zärtlich Liebende begegnen sich im Seufzer.¹) Und wie die fröhliche Stimmung vom leisen Trillern bis zum lauten und stürmischen Jubeln und Freudengeschrei sich erhebt, so steigert sich auch der Ausdruck des Schmerzes vom Seufzer bis zum Schrei der Verzweiflung. Auch dieser ist, untersucht man ihn näher, nichts Anderes, als Aeußerung des Willens zum Leben. Es ist gleichsam seine letzte Kraftanstrengung, der Hilferuf des Ertrinkenden; der Verzweifelnde entsagt nicht dem Leben, sondern er will vielmehr es erhalten, er will noch leben, oder, um dasselbe in Schopenhauer'scher Sprache auszudrücken, er bejaht den Willen zum Leben. Wie nun die Vernunft den Ausdruck des Gedankens zur geregelten Sprache bildet und erhebt, so daß das Lallen des Säuglings zur wohlgeordneten Rede wird, so sammelt die Tonkunst alle jene Ausdrücke des Gefühls, des Willens zum Leben, der in Tönen sich äußert; diese selbst sind ihr Stoff; sie müssen in der Brust ebensowohl wie im Ohre des Künstlers nachklingen,²) so er sie beherrschen und reproduciren will; beide Stufenleitern, die der Freude, wie die des Schmerzes, muß er durchlaufen; und hat er die einzelnen Töne derselben festgehalten und es verstanden, Harmonie in sie hineinzubringen, so ist die Kunst ins Dasein getreten, so entsteht die Musik. Doch befindet sie sich jetzt noch auf der niedrigsten Stufe der Kunst-Scala, auf der der Architektur; denn, wie bereits in meiner vorigen Abhandlung erwähnt, ist die Harmonie der Musik, was die Symmetrie der Baukunst ist.

---

¹) Denselben Gedanken, jedoch von einem ganz verschiedenen, dem physiologischen Gesichtspuncte aus, findet man bei Lewes ausgesprochen. „Den Philosophen", sagt er, der über sein Problem brütet, wird man von Zeit zu Zeit fast eben so tief seufzen hören, wie das Mädchen, das über ihr Unglück brütet." (Physiol. of Common Life. Tauchnitz Ed. Vol. II. p. 277).

²) Ganz ähnliche Ansichten über die Tonkunst spricht übrigens Hoffmann in seinen „Phantasiestücken in Callot's Manier" (passim, besonders aber im 2. Theil Pag. 438 u. 449 ff.) aus. Auch Lazarus im 2. Theil seines „Leben der Seele" hat viel Richtiges über die Musik gesagt, doch gestattet mir der Raum nicht, die hier einschlagenden Stellen selbst anzuführen. Nur so viel muß ich bemerken, daß, wäre er von Schopenhauer'schen statt von Herbart'schen Principien geleitet worden, er noch mehr ins Schwarze getroffen hätte.

Beide dienen zur äußerlichen Ordnung; diese fürs Auge, jene fürs Ohr. Mit der Melodie erhebt sie sich zur zweiten Stufe jener Scala, zur Skulptur. Was dieser die schöne Form, das ist der Musik die Melodie. Mit der Färbung, dem Colorit und der Schattirung erhebt sie sich bis zur Malerei. Die Empfindung, die Leidenschaft, die feinste Gefühlserregung und die heftigste Seelenbewegung hat sie zwar mit der Dichtkunst gemein, doch ihr — der Musik — sind diese die eigensten Elemente, sie verleiht ihnen den reinsten Ausdruck, sie ist die Sprache der Empfindungen, nicht etwa bloßes Abbild derselben. Sie wird also an Deutlichkeit und Verständlichkeit die Wortsprache um so mehr übertreffen, als Worte nur die Zeichen des Gedankens, nicht der Gedanke selbst sind, während die Töne, in ihren verschiedenen Arten und Stufen, jedesmal der Ausdruck der betreffenden Empfindung selbst sind. Die Rede selbst wird erst durch den Ton verständlich, und ist das Wort Erzeugniß des Intellects, so geht die Betonung vom Willen aus. Daher die Macht des guten Vortrags, der ja in nichts Anderem besteht, als in der richtigen und stärkeren Betonung des Gesprochenen. Sobald der Tonkünstler blos reproducirt, so wird auch bei seiner Leistung der Vortrag das wichtigste Element sein und wird man sie nach der Wärme oder Kälte desselben beurtheilen. Nur die Seele und Empfindung, die der Virtuose oder der Sänger in seinen Vortrag hineinzulegen versteht, erhebt ihn zum wahren Künstler, nur insofern sein Spiel oder sein Gesang jene Merkmale an sich trägt, wird er sich schöpferisch, also als Genie bewähren. Die bloße mechanische Fertigkeit hingegen setzt ihn zum Talent herab. Während nun die Sprache der Vernunft nur auf die Vernunft wirkt, sie zum Denken anregt, sie überzeugt, wirkt die Sprache der Empfindungen, des Willens unmittelbar auf den Willen; wie sie aus dem Innersten hervorgeht, so bringt sie auch mit unwiderstehlicher Gewalt ins Innerste, sie belebt, begeistert, reißt hin, entzündet die Leidenschaften, facht die Lebensflamme an, läßt jeden Nerv erzittern, erregt den Sturm in der Brust, legt ihn wieder, weht der fieberhaften Gluth Kühlung zu, beschwichtigt, beruhigt und besänftigt uns. Doch ich hatte nicht die Absicht, hier nochmals die Macht der Töne zu schildern, die Wirkungen der Musik zu feiern, sondern, indem ich ihren wahren Ursprung aufdecke, bis zu ihrer Quelle hinauf sie verfolge und in ihre einfachen Bestandtheile sie zerlege, meine Ansicht von derselben, wie oben angedeutet, zu begründen. Dieses Ziel glaube ich erreicht zu haben, und wenn, nach Schopenhauer, der Wille in uns das Metaphysische, also das Göttliche, weil Erste, Alleinige und Ewige ist, so darf diejenige Kunst, die ihn selbst unmittelbar darzustellen zur Aufgabe hat, mit Recht und ohne Hyperbel die göttliche genannt werden. Nur noch eine Bemerkung habe ich hinzuzufügen. Wenn Leibnitz, wie wir oben gesehen, in der Musik ein unbewußtes Zählen der Seele sieht, so erkennt Schopenhauer in ihr ein unbewußtes Philosophiren, und erklärt sich diese Meinungsverschiedenheit dadurch, daß Leibnitz die Kunst von einem niederen, Schopenhauer aber von einem höheren, ja vom höchsten Standpuncte aus aufgefaßt und betrachtet hat. Wird sie auf jener von mir oben bezeichneten ersten Stufe gedacht, wo sie mit der Architektur verwandt ist, so besteht die Musik allerdings im Zählen: denn, wie die Symmetrie durch Maaß und Richtscheit, so ist die Harmonie, der Rhythmus einfach durch Maaß und Zahl bestimmt und allein durch diese mechanischen Mittel erreichbar. Auf der höchsten Stufe indessen, wo die Musik, ihrem Namen getreu, zur sinnenden Kunst wird, den Aeußerungen des Willens zum Leben in allen ihren verschiedenen Arten nachspürt und in ihrer Darstellung derselben zu jenem Quietiv des Willens wird, nach welchem die Philosophie, nur auf einem anderen Wege, strebt, ist sie in der That das unbewußte Philosophiren, als welches Schopenhauer sie aufgefaßt und anerkannt haben will. Es steht daher seine Anschauung um so viel höher, als die Leibnitz'sche, als, um ein ganz analoges Beispiel anzuführen, die platonische Ideenlehre (oder auch schon der Nous des Anaxagoras) sich hoch über die pythagoräische Zahlenlehre erhebt und sie an Erhabenheit weit hinter sich zurückläßt.

Anmerkung der Redaction.[1])

Mit dem obigen Artikel gleichzeitig ging noch eine andere Mittheilung über denselben Gegenstand von einem anderen Mitarbeiter d. Bl. uns zu. Wir veröffentlichen dieselbe nachstehend, indem wir glauben, daß es von Interesse ist, beide Arbeiten einander gegenübergestellt zu sehen, obschon dieselben in ihrer Auffassung des Gegenstandes einander widersprechend gehalten, ja schlechthin entgegengesetzt sind. Kann dies beim ersten Blick befremdend erscheinen, so ist doch die Erklärung, die Lösung dieses Widerspruchs leicht; sie ergiebt sich aus der Natur der Sache. Schopenhauer in seiner Philosophie überhaupt hat große Blicke gethan, er vertritt eine sehr

___

[1]) Da es vielen Lesern willkommen sein wird, das Urtheil eines Fachmannes über Schopenhauer's Theorie der Musik zu hören, so möge auch dieser Nachtrag der Redaction der Brendel'schen Anregungen hier folgen. D. H.

berechtigte Seite, und so ist auch seine Grundanschauung vom Wesen der Musik eine höchst bedeutungsvolle; specielle Kenntnisse aber von der Tonkunst hat er nicht besessen, und es mußte auf diese Weise geschehen, daß er im Besonderen nur zu Trivialitäten und Irrthümern kam. Beide Verfasser haben folglich Recht, der Erstere, was das Princip im Allgemeinen, der Letztere, was das Besondere betrifft.

Schopenhauer's musikalische Ansichten im Besonderen.

Die philosophischen Schriften eines der bedeutendsten Denker der Jetztzeit, Arthur Schopenhauer's, erregen unser Interesse in ungewöhnlich hohem Grade. Wenn wir uns auch keineswegs zu den Anhängern seines Hauptsystems (einer Auslegung der Welt als Wille und Vorstellung) bekennen, so zwingt uns doch die geistige Schärfe, mit der er in die Tiefen der Gedankenwelt eindringt und die prägnante Klarheit und Energie seiner Ausdrucksweise zu großer Bewunderung. Trotzdem findet sich aber auch bei ihm die Annahme aller Philosophen, die da meinen, weil sie über Alles tief denken, auch Alles bis auf den Grund richtig erkennen und erklären zu können. So will Schopenhauer denkend eine Kunst, die Musik, analysiren. Er spricht sein Urtheil über dieselbe mit eben so unerschütterlichem Glauben an seine Unfehlbarkeit aus, wie seine anderen philosophischen Meinungen, und scheint nicht zu ahnen, daß zur richtigen Beurtheilung der Musik die umfassendste Kenntniß, das vollständigste Eingelebtsein und die feinste Ausbildung des Geschmacks und Gefühls erforderlich sind. Daß sich in Schopenhauer nicht einmal die erste dieser Bedingungen erfüllt, beweisen mancherlei Irrthümer schon in seiner Theorie der Musik. So scheint er z. B. (dies nur beiläufig) gar Nichts von den Nonenaccorden zu wissen, da er auf S. 361 seiner „Parerga und Paralipomena" mit Bestimmtheit ausspricht, daß ein Accord höchstens vier Töne enthalte. Philosophischer würde Schopenhauer jedenfalls handeln, wenn er nicht durch sein unberechtigtes Urtheil über Gegenstände, deren innerstes Wesen sich durch Denken allein nicht ergründen läßt, Schwächen und irrthümliche Ansichten offenbarte, die nirgends mehr verletzen, als in dem Munde eines so geistreichen Denkers. Hier wirkt der kleinste Irrthum unangenehmer und nachhaltiger, als die gröbsten Verstöße gegen Wahrheit und Vernunft aus der Feder eines unbedeutenden Menschen. Sowohl in seinem neuesten eben erwähnten Werke, als auch in seinem großen Hauptwerk begegneten wir den sonderbarsten, naivsten, ja gänzlich falschen Behauptungen über die Tonkunst, die wir erstaunt immer und immer wieder lasen, um uns zu überzeugen, daß wir sie wirklich nicht mißverstanden. Und doch sagt Schopenhauer (wir führen seine eigenen Worte an), daß er beabsichtige, „der Vernunft, wenn auch nur im Allgemeinen, faßlich zu machen, was es sei, das die Musik in Melodie und Harmonie besage und wovon sie rede", und meint, daß es ihm gelungen, unseren Blicken in dieser Kunst eine weite, ungeahnte Perspective eröffnet, neue Gesichtspuncte gezeigt zu haben. Neu, dieses Prädicat muß man allerdings vielen seiner Aussprüche zugestehen; doch sind dieselben stets eben so falsch wie neu und bringen uns nicht einen einzigen wahren und annehmbaren Aufschluß über die Tonkunst. Zugleich macht sich Schopenhauer hier eines Fehlers schuldig, den er an anderen Schriftstellern bei jeder Gelegenheit, und das mit Recht, scharf und rückhaltslos geißelt. Er geht von gänzlich falschen Grundgedanken aus, und so muß Alles, was er darauf weiter baut, nothwendig auch falsch werden.

Um die Wahrheit unserer Behauptung zu beweisen, wollen wir einige der irrthümlichsten Aufstellungen aus diesem und jenem seiner Werke vornehmen und perlustriren.

In seinem Hauptwerk stellt Schopenhauer eine Analogie der Natur mit der Musik auf, welche in Folgendem besteht.

Er sieht im Grundbaß das rohe Material, die unorganische Natur, in den Füllstimmen die sich immer höher entwickelnde Organisation und in der Melodie den Menschen als die höchste Stufe der Objectivität des Willens.

Dies ist eine recht hübsche dichterische Phantasie; aber vom wissenschaftlichen Standpunct aus entbehrt sie jeder haltbaren Grundlage, denn in der Musik ist oft dem Baß und den Mittelstimmen die Melodie und der Oberstimme die Begleitung zugetheilt, ja oft bewegen sich mehrere Stimmen zugleich in verschiedenen Melodien, während die stufenweise Reihenfolge vom Unorganischen zum Organischen in der Natur sich keineswegs auf gleiche Weise umkehren läßt.

Aus dieser falschen Anschauungsweise entwickeln sich nun fort und fort die augenfälligsten Irrthümer. Auf den Umstand, im Grundbaß das rohe Material zu sehen, philosophirt Schopenhauer in folgender Weise weiter: „Am schwerfälligsten bewegt sich der tiefe Baß, die langsame Bewegung ist ihm eigenthümlich; ein schneller Lauf in der Tiefe läßt sich nicht einmal imaginiren." Im Gegentheil: So weit tiefe Töne überhaupt existiren, läßt sich ein Triller oder schneller Lauf nicht nur imaginiren, sondern auch executiren. Beides hören wir auf dem Pedal der Orgel.

Noch merkwürdiger klingt folgender, sich hier anreihender Satz: „Die Melodie allein hat bedeutungsvollen, absichtsvollen Zusammenhang; die Ripienstimmen bewegen sich ohne melodischen Zusammenhang und sinnvolle Fortschreitung."

Schopenhauer scheint hiernach Einiges von homophoner Schreibart, nicht aber das Mindeste von der Polyphonie in der Stimmführung zu wissen. Hören wir ihn weiter:

„Der Componist offenbart das innerste Wesen der Welt und spricht die tiefste Weisheit aus in einer Sprache, die seine Vernunft nicht versteht, wie eine magnetische Somnambule Aufschlüsse giebt über Dinge, von denen sie wachend keinen Begriff hat."

Nein, so leicht hat es die Natur dem Componisten nicht gemacht; allerdings muß das musikalische Genie geboren werden, aber auf welchen endlosen Irr- und Abwegen würde sich dasselbe umhertreiben, wenn es unbewußt und blind nur den Eingebungen seiner Phantasie folgen und gleich einer magnetischen Somnambule Aufschlüsse geben wollte über Dinge, von denen es wachend keinen Begriff hat. Gute Musik mag wohl unserem Philosophen so erscheinen, als sei sie so natürlich und frisch, wie sie erklingt, vom Augenblick eingegeben, allein nur eine gänzliche Unkenntniß des Wesens der musikalischen Kunst kann ihn im Ernst eine solche Behauptung aufstellen lassen.

Einer von Schopenhauer's wesentlichsten Irrthümern hat eben darin seinen Grund, daß sein Ohr nur immer eine Melodie zu fassen vermag; und diese muß sich stets in der Oberstimme bewegen, sonst hört er sie nicht. Davon, daß mehrere Stimmen zugleich in verschiedenen Melodien sich bewegen können, ja, daß in der Fuge z. B. jede Stimme, auch die tiefste, ihre eigene Melodie hat, scheint er gar keine Ahnung zu haben.

Ferner spricht er Vieles über malende Musik und es ist ihm wohl ganz unbekannt, daß in unserer musikalischen Literatur, z. B. in Werken von Engel und Marx, dieser Gegenstand schon hinlänglich beleuchtet und erschöpft worden ist.

Lassen wir ihn Band II., Seite 387 von „P. und P." selbst sprechen: „Die Musik spricht sehr zum Herzen, während sie dem Kopf unmittelbar nichts zu sagen hat und es ein Mißbrauch ist, wenn man ihr solches zumuthet, wie in aller malenden Musik geschieht, welche daher ein für alle Mal verwerflich ist; wenn gleich Haydn und Beethoven sich zu ihr verirrt haben, Mozart und Rossini haben es meines Wissens nie gethan."

Spräche er hier allein von jener kleinlich malenden Musik, welche einzelne Laute aus der Natur, ja aus der Thierwelt, z. B. das Brüllen des Löwen, das Hüpfen der Lämmer, das Wimmeln der Fische, wie es z. B. in Haydn's „Schöpfung" und „Jahreszeiten" geschieht, nachzuahmen sucht, so wäre ihm — jedoch immer nur unter gewissen sehr bedeutenden Einschränkungen — nicht unbedingt zu widersprechen; allein mehrere seiner übrigen Aussprüche, z. B. der anf Seite 363 von „P. und P.": „die höhnende Verachtung, mit welcher der große Rossini bisweilen den Text behandelt, ist, wenn auch nicht gerade zu billigen, **doch echt musikalisch**," zeigen uns, daß ihm das Verständniß jenes schönsten und edelsten Zweckes der Musik, des so wahr als möglich wiederzugebenden Gefühlsausdrucks, also des Malens der verschiedenen Seelenstimmungen, gar nicht erschlossen ist; und da es ihm gleichgültig, ob ein Tancred in lieblichen Tanzrhythmen oder in getragenen Trauertönen die Untreue der Geliebten beklagt, wenn sich die Melodie nur wohlgefällig an sein Ohr schmiegt, so müssen wir ihm feinen Geschmack und ästhetisches Gefühl, die ersten Erfordernisse, die man an Jeden zu stellen berechtigt ist, der über Musik schreiben will, entschieden absprechen. Es ist wol in unserer Zeit allgemein anerkannt, daß es, um ein großer Componist zu sein, durchaus nicht genügt, schöne und gefällige Melodien zu erfinden, sondern, daß dieselben vor Allem den Charakter der zu schildernden Personen und Situationen tragen müssen. Dies manifestirt Mozart's Größe, und viele von Rossini's herrlichen Melodien würden auch von ganz anderer Wirkung sein, wenn er den Text eben nicht so oft mit höhnender Verachtung behandelt hätte. Schopenhauer's Entrüstung darüber, daß ein Kellner in einem Wirthshaus die herrliche Melodie: „di tanti palpiti" gesungen, und sie noch dazu durch Unterlegen eines trivialen Textes profanirt, können wir durchaus nicht theilen. Im Gegentheil, unseres Bedünkens muß sie sich in dem Munde eines verliebten, schmachtenden Kellners viel hübscher ausnehmen, als in dem des Heldenritters Tancred. Uebrigens kann ja bei einer Musik, die, wie Schopenhauer selbst sagt, den Text mit höhnender Verachtung straft, von einer Profanation durch Unterlegen anderer Texteswortes gar nicht die Rede sein. Mit feinem musikalischen Verständniß hat jener Kellner dort richtiger gefühlt, als Schopenhauer.

Noch möchten wir Schopenhauer bemerken, daß gerade Rossini

in der auffallendsten Weise musikalisch gemalt hat, z. B. in seinem „Barbier", wo er ein vollständiges Gewitter mit Blitz, Donner und Regen schildert; wir selbst würden dies, durch die dortige Situation berechtigte Verfahren, keinesfalls als eine „Verirrung" bezeichnen.

Falsch und einseitig ist ferner fast alles Das, was Schopenhauer noch über den der Musik untergelegten Text, bei welchem er sich übrigens nie und nirgends etwas Anderes, als die schlechtesten und fadesten Erzeugnisse zu denken scheint, ausspricht. Er sieht in demselben nur ein Hinderniß der freien Entfaltung der Musik und findet den Umstand, daß sie Kirchen-, Opern- und Tanzmusik sein muß, ihrem Wesen fremd. Und doch ist es gerade ihre Aufgabe, solche Zwecke zu erfüllen; in dem Ausdruck von gewissen Gefühlen und Seelenstimmungen besteht ihr eigenstes Wesen, selbst die Symphonie, welche er den schönsten Tummelplatz der Musik nennt, soll uns nicht ein unbestimmtes Auf- und Abwogen der Töne und Melodien geben, sondern gewisse Stimmungen musikalisch malen.

Ferner bringt Schopenhauer (auf Seite 358 von „P. und P." 2. Bd.) einen Vergleich der Architektur mit der Musik. Er vergleicht hier Text, Action, Marsch, Wort, Tanz, und wie sie alle noch heißen mögen die Zwecke der Musik, mit den Nützlichkeitszwecken der Architektur, zu welchem sich dieselbe mit Aufopferung eines Theils ihrer Schönheit erniedrigen muß. Daß dieser Vergleich unpassend ist, springt in die Augen; denn die Musik bleibt stets mit oder ohne Text ein reines Product der Kunst, das uns Herz und Sinn erfreuen, aber in keiner Weise von reeller Nützlichkeit sein soll und kann.

Ob aber dem Componisten, der einen ihm zusagenden Text musikalisch bearbeitet, so zu Muthe ist, als ob er seine Musik zu einem bloßen Nützlichkeitszweck erniedrigen müsse: darauf möge sich Schopenhauer bei einem Componisten selbst die Antwort holen.

Die Behauptung über Gluck, (Seite 361, „P. und P." 2. Bd.) „daß dieser seine Musik ganz zum Knechte schlechter Poesie gemacht, und daß dieselbe mit Ausnahme der Worte gar nicht genießbar sei" ist mindestens — originell und einzig in ihrer Art. Zwar ist das Verschmelzen von Wort und Ton zu einem schönen Gusse eine gerade Gluck ganz besonders eigene herrliche Eigenschaft, wer aber wird wohl jemals den hohen Werth seiner Musik auch ohne Text wegläugnen! Man spiele im Orchester die Begleitung einer der Arien der Iphigenie, der Alceste, ꝛc., lasse ein Soloinstrument den Part der Singstimme übernehmen, und frage dann, ob das Musikstück in dieser Form **ungenießbar** sei.

Daß Schopenhauer bei solchen verkehrten Ansichten über den Text behauptet, die Musik „finde ihren schönsten Tummelplatz in Messe und Sinfonie, hier feire sie ihre Saturnalien", ist sehr begreiflich, ihm fehlt ja das Verständniß, der Sinn für eine durchgeistigte, innige Verschmelzung von Wort und Ton.

Wir würden auch ob dieser seiner individuellen Ansichten gar nicht mit ihm rechten, wenn er sie nicht aufs Bestimmteste als Norm für Aller Anderen Anschauungsweise aufstellte.

Die auffälligsten seiner Aussprüche aber finden sich auf Seite 362 von „P. u. P." 2. Bd. Hier sagt er: „Der Gesang selbst stört oft die Harmonie, sofern die Vox humana, welche, musikalisch genommen, ein Instrument wie jedes andere ist, sich nicht den übrigen Stimmen coordiniren und einfügen, sondern schlechtweg dominiren will. Zwar, wo sie Soprano oder Alto ist, geht das sehr wohl an, weil ihr in solcher Eigenschaft die Melodie wesentlich und von Natur zukommt; aber in den Baß- und Tenorarien fällt die leitende Melodie meistens den hohen Instrumenten zu, wobei denn der Gesang sich ausnimmt, wie eine vorlaute, an sich blos harmonische Stimme, welche die Melodie überschreien will."

Wem ist es jemals eingefallen, bei den herrlichen Tenorarien z. B. des Max, des Arolar, des Pylades ausschließlich die Orchesterbegleitung, als die höher liegende Stimme, mit dem Gehör zu verfolgen? Wer hat in den Baßarien des Caspar, des Agamemnon, des Wasserträgers eine an sich blos harmonische Stimme, die vorlaut die Melodie überschreien will, gehört? Wenn Schopenhauer daher weiter unten die Behauptung aufstellt, „daß Soloarien nur dem Sopran oder Alt zukämen und man Tenor und Baß nur im Duett oder Ensemblestück verwenden sollte", so müssen wir annehmen, sein Ohr sei ganz anders construirt, als die der übrigen Menschenkinder. Zwar fügt er hinzu: „daß große Meister, wie Mozart und Rossini, diesen Uebelstand zu mildern, ja zu überwinden gewußt, hebt ihn nicht auf." Ja, gerade das hebt ihn auf, das schlägt die ganze Behauptung zu Boden; wenn es auch nur einem einzigen Meister und diesem einzigen ein einziges Mal gelungen wäre, diesen Uebelstand (wenn überhaupt einer vorhanden) zu überwinden, so wäre die Möglichkeit dazu gegeben und jeder Vorwurf träfe dann die Componisten, die den rechten Weg noch nicht wieder gefunden; aber Dank sei unseren großen Tonschöpfern, sie haben ihn alle gefunden.

Und dann, sollte denn die Natur, auf deren genau systematisches Walten sich Schopenhauer so oft beruft, Baß- und Tenorstimme nur zur untergeordneten Begleitung der anderen geschaffen haben? Die Stimme des Mannes gerade, dessen Ueberlegenheit über die Frauen in allen Anlagen und Fähigkeiten unser Philosoph bei jeder Gelegenheit besonders betont und hervorhebt?

Diese wenigen Auszüge aus Schopenhauer's Werken werden genügen, um den Leser einen Einblick in seine wahrhaft kindlich naive musikalische Anschauungsweise thun zu lassen und von Neuem die oft schon erörterte Thatsache zu documentiren, daß große Männer nicht in allen Sphären Bedeutendes leisten können, trotzdem aber gern die ihnen angewiesenen Schranken, stets zu ihrem eigenen und der Anderen Nachtheil überschreiten. Weniger für Musiker und Künstler ward diese kleine Abhandlung geschrieben; aber dem Laien in der Musik, welcher meint, das für wahr und richtig annehmen zu müssen, wofür sich anerkannt bedeutende Persönlichkeiten aussprechen, insbesondere aber allen Denen, welche, verführt durch Schopenhauer's anderweite bedeutende Leistungen, nun auch seinen musikalischen Ansichten einen gleichen Werth beilegen möchten, glaubten wir hier eine Aufklärung schuldig zu sein.

Beilage B.
Zu p. 15., 3. 1.

Salomon Ibn-Gebirol in seinem Verhältniß zu Arthur Schopenhauer.[1]

1. Mélanges de philosophie juive et arabe par S. Munk. Première livraison renfermant des extraits méthodiques de la source de vie de Salomon Ibn-Gebirol (dit Avicebron), traduits de l'arabe en hébreu par *Schem-Tob Ibn-Falaquéra;* la traduction française de ces extraits, accompagnée de notes critiques et explicatives; une notice sur la vie et les écrits d'Ibn-Gebirol, et une analyse de sa source de vie. Paris 1857.
2. Ueber den Willen in der Natur. Eine Erörterung der Bestätigungen, welche die Philosophie des Verfassers, seit ihrem Auftreten, durch die empirischen Wissenschaften erhalten hat. Von Arthur Schopenhauer. Zweite verbesserte und vermehrte Auflage. Frankfurt a. M., Hermann. 1854. Gr. 8. 27 Ngr.

Nachdem ich in Nr. 33 d. Bl. die äußern Verhältnisse der oben zuerst angeführten Schrift bereits mitgetheilt, gestatte ich mir hier, etwas mehr auf deren Inhalt einzugehen und die dort schon angedeutete Uebereinstimmung[2] der Gebirol'schen Philosophie mit der Schopenhauer'schen in möglichster Kürze näher zu beleuchten. Wie ich dort erwähnt, geschieht dies nicht etwa in der Absicht, dem „Frankfurter Weisen" die Priorität seines Grundgedankens dadurch streitig zu machen und sie dem Gebirol zuzuschreiben — die bekannten Data überheben mich der Mühe, Diejenigen hier aus dem Felde zu schlagen, die vielleicht gar ein Plagiat zu wittern glauben — sondern es bestimmt mich zu dieser

---
[1] Aus den Blättern für lit. Unterh. Nr. 52. 1857.
[2] Auch S. Sachs in seiner hebräischen Zeitschrift „Kerem Chemed" und Dr. B. Beer in seiner Recension der „Mélanges" von Munk im „Literarischen Centralblatt" haben auf diese Aehnlichkeit hingewiesen.

Arbeit das reine Interesse für die Wissenschaft, ganz besonders aber mein Pietätsgefühl als Jude, indem ich es mir zur Aufgabe gestellt, den Vorwurf, mit welchem Schopenhauer das Judenthum als ein der Wahrheit zuwiderlaufendes Religionssystem belastet hat, von demselben abzuwälzen und das Gegentheil dieser Behauptung zu beweisen. Diese Aufgabe in ihrem ganzen Umfang zu lösen, muß ich mir allerdings für einen andern Ort und eine spätere Gelegenheit vorbehalten; einstweilen soll hier der Beweis geführt werden, und ich lasse einen Spinoza und Mendelssohn dabei gänzlich aus den Augen, daß, im Judenthum zu wurzeln, der freien Forschung durchaus nicht hinderlich ist und sie nicht im mindesten beeinträchtigt. Zwar sei es im voraus eingeräumt, daß Gebirol's System in Theismus ausläuft: ein Ergebniß, welches freilich ein Dorn in den Augen mancher Philosophen unserer Zeit ist — ob es falsch oder nicht, will ich jetzt dahingestellt sein lassen; — jedoch glaube ich nicht verhehlen zu dürfen, daß ich in diesem Endresultate Gebirol's eher ein Zugeständniß erblicke, welches er den herrschenden Ansichten seines Zeitalters gemacht, als eine ihm feststehende Ueberzeugung. Hieraus erklärt sich das Dunkele und Verworrene in seinem System, welches, soweit es uns vorliegt, zwischen Theismus und Pantheismus hin- und herschwankt, einerseits dem Aristotelismus, andererseits dem Neuplatonismus huldigt, und nächst dem buddhistische und mystische Elemente in sich aufgenommen hat. Schon diese oberflächliche Analyse seiner Bestandtheile läßt eine Aehnlichkeit mit dem Schopenhauer's nicht verkennen, und wenn dieser auch den Gebirol an Klarheit weit überragt und jede Zweideutigkeit bei ihm vermieden ist, so wird es sich doch zeigen, daß gerade der eigentliche Kern der Lehre Beider mit gleicher Entschiedenheit bei dem ältern Philosophen wie bei dem jüngern ausgesprochen ist. Indem ich nun zur Hervorhebung der Hauptpunkte schreite, wobei ich mich von der Darstellung Munk's leiten lasse, werde ich sowol diejenigen angeben, in denen sich beide Systeme berühren, als auch die, in denen sie voneinander abweichen. Zum leichtern Ueberblick lasse ich die betreffenden Stellen unübersetzt.

„Le terme final" so sagt Munk in seiner Analyse, mit Bezugnahme auf §. 2 der Fragmente, „auquel l'homme peut atteindre, c'est la connaissance de la volonté, cause finale de tout ce qui est, créatrice et motrice de l'univers. Ce but sublime, l'homme l'atteint par la science ou la *méditation*, et par la pratique ou les *exercices pieux*." So sind wir benn gleich am Anfang beim Centrum des Schopenhauer'schen Systems angelangt. Deutlicher konnte auch er seinen großen Gedanken nicht aussprechen. Ebenso führen auch bei ihm zwei Wege, der der Philosophie (der reinen und angewandten, denn mit diesem letztern Ausdruck glaube ich, nach seiner Theorie, die Kunst bezeichnen zu dürfen) und der der Ascese zum Ziele. "Pour bien comprendre ceci, il faut avoir étudié d'abord la science de l'âme et de ses facultés." So läßt Schopenhauer der "Welt als Wille" die "Welt als Vorstellung" vorangehen und handelt zuerst von der menschlichen Vernunft als dem Subjecte. "Cette science consiste dans la connaissance de toutes les substances et notamment de la substance première qui soutient tout l'univers et le met en mouvement. Cependant une connaissance parfaite de la substance première est impossible ("Was der Wille sei", heißt es bei Schopenhauer, "ist nicht zu erklären") parce que celle-ci est au-dessus de toute chose ("Der Wille ist das eigentliche Metaphysische", sagt Schopenhauer); l'homme, être fini, ne saurait saisir l'essence infinie, et il ne peut la connaître que par ses oeuvres (im Gegentheil wissen wir nach Schopenhauer [I, §. 18] von dem Willen unmittelbar, von der Erscheinung aber stets nur mittelbar); car savoir, c'est embrasser ou comprendre en soi la chose sue, et le fini ne saurait embrasser l'infini." (Uebereinstimmend hiermit heißt es bei Schopenhauer: "Jedes Erkannte ist als solches schon nur Erscheinung." Bei wem hier der Widerspruch liegt, mag ich nicht entscheiden. Ich glaube jedoch daß auf Schopenhauer's Seite, wie auch imfolgenden Satze dem Gebirol die größere Klarheit und Folgerichtigkeit des Gedankens zu vindiciren sein wird. "Trois choses composent l'être; la matière avec la forme, la substance première (Dieu) et la volonté, intermédiaire entre les deux extrêmes." Hier wäre also der Wille an seiner rechten Stelle, als Brücke nämlich zwischen der Materie und dem Geiste, während bei Schopenhauer die Materie[1]) das Band zwischen der Welt als Vorstellung (ist diese nicht eben die Welt der Materie?) und der Welt als Wille ist.

Hingegen herrscht im zweiten Buche des Gebirol ein fast undurchdringliches Dunkel und eine schwer zu entwirrende Gedankenverwickelung. Hier mischen sich kabbalistische Elemente, wie z. B. die Sphärenlehre, mit ein. Doch glaube ich auf einen Lichtpunkt hinweisen zu müssen, welcher eine abermalige Uebereinstimmung mit Schopenhauer erkennen und Gebirol's schwach verdeckten Pantheismus durchschauen

---

[1]) "Mater rerum" ist seine Definition dieses Wortes. Wäre nicht der Wille demnach als pater rerum, der אם von אב, wollen, begehren, wie Schelling richtig gesehen und was sich mir bei der ersten Lectüre Schopenhauer's alsbald aufdrang, zu denken?

läßt. „La première est l'unité veritablement une, tandis que la dernière est pour ainsi dire l'unité multiple." (Munk, S. 188). Was ist dies anders als das principium individuationis, wodurch Schopenhauer die Vervielfältigung der Einheit erklärt? Und wie bei Schopenhauer der bewußtlose Wille sich stufenweise vom Mineralreich bis zum Menschen objectivirt, so bewegt sich bei Gebirol die Materie (anfangs unbewußt, dann mit durch die Form erlangtem Bewußtsein) in derselben Reihenfolge hinauf zur Einheit. So läßt Gebirol ferner diese Objectivation vermittelst des Strebens, des Begehrens und der Liebe (aspiration, désir et amour), dem bewußtlosen Triebe Schopenhauer's entsprechend, vorsichgehen und erklärt die Natur für vollendet, wenn die Stufe erreicht ist, wo die Materie durch den Einfluß des Willens mit der universellen Form (wahrscheinlich der Mensch als Mikrokosmos) vereint zum Intellect wird. Sodann betont auch er den Satz, daß das Dasein (existentia) das Wesen (essentia) jedes Dinges sei, was ich deshalb hervorhebe, weil Schopenhauer aus diesem Satze gewichtige Folgen herleitet und ihn seiner Lehre über die Zurechnungsfähigkeit des Menschen zu Grunde legt. Wie Schopenhauer's Wille nicht dem Satze vom zureichenden Grunde unterworfen ist, so haftet auch dem que (dem eigentlichen Wesen) des Gebirol weder das Was (quoi), Wie (comment), noch Warum (pourquoi) an. Dieses que ist das eine wahrhafte Wesen. Die drei genannten Kategorien, an deren Spitze er selbst gleich darauf das que stellt, sodaß es deren vier werden, welche dann auf mystische Weise (Pythagoräismus?) den Zahlen 1, 2, 3 und 4 entsprechen, bieten also eine wenn auch etwas entfernte Analogie mit der vierfachen Wurzel des Satzes vom zureichenden Grunde, wie Schopenhauer ihn zergliedert, dar, sodaß wir in dem que die causa fiendi, im quoi die causa cognoscendi, im comment die causa essendi und im pourquoi die causa agendi (?) hätten. Inwiefern Gebirol dabei von Schopenhauer abweicht, erhellt aus dem eben Gesagten. Zudem muß bemerkt werden, daß, während Schopenhauer dem Willen die Freiheit, dem Handelnden aber die Nothwendigkeit zuerkennt, bei Gebirol das umgekehrte Verhältniß stattfindet; denn sein „agent premier" ist das Nothwendige, der Gegenstand seines Wirkens hingegen das Mögliche, also Freie. Schließlich vertritt bei Gebirol die „Extase" die Stelle der „Nirwana", welche das System Schopenhauer's dem Buddhismus entlehnt hat. „Pour arriver à la véritable connaissance des substances simples, il faut que l'homme, pour ainsi dire, se dépouille entièrement des liens de la corporéité (Schleier der Majah bei Schopenhauer) et du monde sensible et se transporte par la méditation dans le monde intelligible, en cherchant à identifier son essence avec ses substances supérieures" (Munk, S. 201).

Fassen wir also das Vorangehende kurz zusammen, so wird die Uebereinstimmung beider Systeme in den Hauptpunkten ihrer Lehre dem Leser von selbst einleuchten. Bei beiden Philosophen ist der Wille das Primäre, der Intellect das Secundäre; bei beiden gelangt die Materie erst auf der höchsten Stufe zum Selbstbewußtsein; bei beiden vervielfältigt sich das Eine vermittelst des innern Triebes; bei beiden steht die Welt der Erscheinung der wahren Erkenntniß im Wege, ist Sache der Vorstellung, und führen zwei Wege, der des Nachdenkens (Philosophie) und der der Ascese zum Ziel, d. h. nach Schopenhauer zum Quietiv des Willens, nach Gebirol zum Aufgehen im höchsten Wesen. Daß die sogenannte Weltanschauung, die dem einen System zu Grunde liegt, der des andern total entgegengesetzt ist, indem die des Gebirol eine optimistische, während die Schopenhauer's die pessimistische ist, will ich weder in Abrede stellen noch zu verschweigen suchen; indessen influirt diese Anschauung doch nur den ethischen Theil der Systeme und hat mit dem metaphysischen nichts zu schaffen. Welche von beiden die richtigere, wollen wir hier nicht prüfen. Wenn aber, wie Schopenhauer mit Entrüstung behauptet, das Judenthum die Quelle des Optimismus ist, auf dessen Boden auch unser Gebirol steht, so hat gerade dieser den ersten schlagenden Beweis geliefert, daß eine freie Forschung nach Wahrheit sich gar wohl mit dieser Anschauung verträgt, und man auch von diesem Standpunkte aus zu demselben Resultate gelangen könne, wie von dem des Pessimismus. Freilich dürfen wir nicht erwarten, daß ein Denker im 11. Jahrhundert seine Meinung so kühn und furchtlos vortragen werde, wie der Philosoph des 19. Jahrhunderts; doch würde man sehr irren, wenn man glaubte, daß dem jüdischen Weisen der Jammer des Lebens unbekannt geblieben, daß ihm nur Rosen geblüht und seine Stimmung und Lebensansicht eine ungetrübt heitere gewesen wäre. Das Gegentheil hiervon bekunden deutlich genug seine schönen und erhabenen Dichtungen. Hier äußert sich gar oft der tiefe Schmerz, der seine Brust durchwühlt und der Kummer, der seine Seele erfüllt, und wie Schopenhauer findet auch er die Ruhe nur in der reinen Anschauung, im Streben nach Weisheit. So reichen sich hier Jude und Christ über die fernen Jahrhunderte hin friedlich die Hände; beide haben einen tiefen Blick ins Innere der Natur gesenkt und deren Schleier zu lüften gesucht; beide, vom regsten Wissensdurst angetrieben und von feuriger Liebe zur Wahrheit beseelt, haben, der Bande der Leidenschaften sich entwindend, mit Adlerflug über den Nebel der Sinne sich emporgeschwungen zu reinern, lichtern Höhen und hier die Seligkeit gefunden. Wenn aber der Eine, indem er das Weltall unter sich erblickt, oder, um es sachgemäßer auszudrücken, indem er um sich schauend, in allen Wesen den Einen freien Willen wiedererkennt und ihnen mitleidsvoll tat twam asi (Das bist du!) zuruft, so vernimmt der Andere das schöpferische „Wort", welches dem Willen gebietet und zu ihm spricht: „Es werde"; so läßt er die Geschöpfe zur Einheit zurückstreben, aus der sie hervorgegangen, in welcher ihr Mangel Ergänzung findet und ihnen Seligkeit zutheil wird.

Beilage C.

Ueber den individuellen Charakter.

Aus einem im kaufmännischen Vereine am 12. September 1861 gehaltenen Vortrage des Herausgebers.

Kenne dich selbst! war das große Wort des delphischen Orakels, welches Socrates zu Rathe zog. Es ist das Prinzip, welches er, der als der Weiseste der Menschen erklärt wurde, allen seinen Unterweisungen zu Grunde legte. Auch unserm Zeitalter thut der Zuruf wieder noth: „Lerne dich selbst kennen!" denn wiederum führt die Naturforschung — allerdings nicht ohne großen Nutzen für die Civilisation — das große Wort im Reiche der Wissenschaften und beherrscht die Geister, so daß der Philosoph selbst es nicht mehr wagt, auf eigenen Füßen zu stehen und keinen Schritt vorwärts auf seinem eigenen Gebiete, dem des reinen Gedankens, der Idee, thun will, ohne die Ergebnisse jener zu Rathe gezogen und berücksichtigt zu haben. Kaum erdreistet er sich mehr das Wort „Seele" zu gebrauchen, und selbst eine „Lebenskraft" wollen die Herren von der Lupe und Retorte nicht mehr gelten lassen. Es ist wahr, wir werden bei dieser eisernen Herrschaft der strengen erfahrungsmäßigen Methode vor leeren Hirngespinnsten faselnder Wortklauber bewahrt; es werden uns in der Luft schwebende Theorien, die wie Kartenhäuser zusammenstürzen, wenn die Probe der Wirklichkeit an ihnen gemacht wird, erspart; allein, wir laufen auch andererseits Gefahr, unseres besseren Theils — nenne man ihn, wie man wolle — ich meine, dessen, was uns vor andern Wesen auszeichnet, was uns zu selbstbewußten Menschen macht, gänzlich zu vergessen und an eine rein materialistische Lebensanschauung uns gewöhnend, verlernen wir es, bis zur Idee uns zu erheben, und ist eine Verflachung der Geister unausbleiblich. Wohl ist es schön, gleich jenem weisen Könige, im weiten Reiche der Natur heimisch zu sein, über die Bäume, „von den Cedern auf dem Libanon bis zum Ysop der heraus wächst an der Mauer," über das Vieh und über die Vögel, über das Gewürm und über die Fische reden, schön ist es, jedes Sternchen benennen, jedem Blümchen seine Familie anweisen zu können; zu wissen, was des Meeres Tiefe birgt und was im dunkeln Schooß der Erde ruht; wie die Berge sich erhoben und die Schichten der Erdrinde sich gebildet; der Planeten Bahnen zu berechnen und des Lichtes Schwingungen zu kennen; aber schöner noch ist es, im eigenen Innern heimisch zu sein und sich selbst zu kennen. Diese Erkenntniß ist auch heute noch, wie zur Zeit eines Socrates, die höchste und edelste und nützlichste für den Menschen und wird es stets bleiben, denn sie allein ist die Bedingung unserer eigenen Vervollkommnung und aller echten Veredlung des Einzelnen, wie der Gesammtheit; sie allein ist die Grundlage aller Ethik oder Sittlichkeitslehre. „Im Verhältniß" — sagt ein edler, von seiner Nation einst vielfach verkannter und schmählich verunglimpfter englischer Dichter der Neuzeit — „wie der Mensch sich selbst kennt, ist er gerecht und gut und weise."

So sprach das delphische Orakel vor Jahrtausenden, so der Dichter Shelley, denn seine Worte sind es, die ich eben angeführt, im gegenwärtigen Jahrhundert! Diese Erkenntniß bei Ihnen anbahnen zu helfen, gestatten Sie mir nun nach diesen allgemeinen Bemerkungen auf das Thema selbst, welches zu behandeln ich mir heute die Aufgabe gestellt, näher einzugehen und über den Charakter zu reden.

Ich habe absichtlich gerade diesen Gegenstand gewählt, weil er erstens jedem Einzelnen nahe genug liegt, um sich für ihn zu interessiren, dann aber auch besonders, weil es Ihnen bei dieser Untersuchung sofort einleuchten muß, daß Lupe und Seciermesser hier nicht mehr anwendbar seien, daß weder Mikroscop noch auch die genaueste chemische Analyse uns hier Aufklärung verschaffen können, wir uns also auf einem Gebiete befinden, wo alle diese dem Naturforscher so nützlichen Hilfsmittel ihre Dienste uns versagen und wir uns in der Sphäre der Speculation, der rein geistigen Anschauung bewegen.[1]) Nebenbei aber giebt es in der ganzen Philosophie keinen wichtigeren Gegenstand der Untersuchung als gerade diesen, keinen, der von größerer Tragweite und weithin sich erstreckendem Einfluß wäre. Die Pädagogik oder Erzie-

---

[1]) Heute, zehn Jahre, nachdem ich obigen Vortrag gehalten, bin ich hierüber anderer Ansicht. So viel zur Steuer der Wahrheit.

hungslehre zumal — und was könnte an Wichtigkeit für die menschliche
Gesellschaft mit ihr sich messen — kann nach meinem Dafürhalten
keinen Schritt vorwärts thun, ihr Gang kann nur schwankend und
strauchelnd, ihre Leistungen müssen allerlei Fehlgriffen ausgesetzt sein,
so lange sie nicht über das Wesen des Charakters im Klaren ist und
einen festen, unerschütterlichen Standpunkt in dieser Frage gewonnen
hat. Von nicht minderer Wichtigkeit ist ein solcher Standpunkt aber
auch in socialer, juristischer und ästhetischer Hinsicht. Und doch herrschen zumeist nur sehr vage und dunkle, oft ganz unrichtige Begriffe
über den Gegenstand. — Man hat sogar den Charakter mit dem
Intellect vermengt: Beweis genug, daß man sich noch nicht einmal die
Bedeutung des Wortes klar gemacht hat.

Ohne eine genaue Definition der bei philosophischen Untersuchungen gebrauchten Ausdrücke, kann aber nichts als ein leerer Wortstreit
herauskommen und ist eine Verständigung unmöglich. Um dieser Gefahr vorzubeugen, wird es vor Allem nothwendig sein, daß ich Ihnen
gleich zu Anfang mittheile, was ich unter Charakter verstehe. Das
Wort selbst ist, wie Ihnen bekannt sein wird, griechischen Ursprungs
und bedeutet das Eingeprägte oder Eingegrabene. Das also, was einem
Wesen eingeprägt ist, was ihm inhärirt und es zu dem bestimmten
Wesen, als welches wir es erkennen, macht, das ist sein Charakter.
Des Menschen Charakter nun sind die sittlichen Eigenschaften, die ihm
innewohnen, oder um mich prägnanter auszudrücken, ist der Theil,
den er an dem Complex der Tugenden und Laster der Menschheit hat. So weit werden Sie, m. v. Zuhörer, wohl mit mir übereinstimmen. Ich gehe aber nun weiter und wage es, auch an dieser
Stelle die vielfach angefochtene, Ihnen vielleicht auffallende und para-
dox erscheinende Behauptung aufzustellen, oder vielmehr, den wichtigen
Satz auszusprechen, daß der Charakter des Menschen angeboren
ist. Mancherlei Bedenken tauchen vielleicht sofort in Ihnen, beim
Vernehmen dieses Satzes auf, und ich läugne es nicht, daß solche
auf den ersten Anschein gerechtfertigt sind. Ich brauche es Ihnen
also wohl nicht erst zu sagen, daß man sich gegen die Annahme dieser
Wahrheit deshalb sträubt, weil man aus ihr sofort den Schluß auf
die Unverantwortlichkeit des Menschen für seine Handlungen ziehen zu
dürfen glaubt. Indessen dürfen wir, falls wir ernst und aufrichtig in
unseren Untersuchungen sein wollen, vor den Folgen der Wahrheiten,
die sich aus ihnen ergeben, nicht zurückschrecken, nicht wie vor Gespenstern
vor ihnen erbeben und die Flucht ergreifen: vielmehr müssen wir, ihnen
offen und furchtlos ins Antlitz schauend, uns mit ihnen zurechtsetzen und

ins Klare über sie zu kommen suchen. Schon die Etymologie des Wortes deutet darauf hin, daß der Charakter, eben so wie das Talent, etwas uns Angeborenes sei; noch deutlicher aber wird Ihnen diese Wahrheit einleuchten, wenn Sie bedenken, daß ja jedem Wesen eben so gut wie jedem Dinge gewisse Eigenschaften zukommen und anhaften müssen, daß es keine Existentia (kein Dasein) ohne eine Essentia (eine Beschaffenheit, ein Wesentliches) geben könne. Diese Essentia aber ist eben sein Charakter, und in diesem Sinne, und aus diesem Grunde, muß auch jedes Individuum seinen Charakter haben und ihn mit zur Welt bringen. Es fällt Ihnen vielleicht hier ein, was Goethe im Tasso ausgesprochen:

„Es bildet ein Talent sich in der Stille,
„Sich ein Charakter in dem Strom der Welt."

Widerspricht dieser Ausspruch des tiefblickenden Dichters etwa meiner eben aufgestellten Behauptung? Keineswegs, meine Herren, obschon ich nicht mit Bestimmtheit behaupten möchte, daß Goethe bei dieser Nebeneinanderstellung von Talent und Charakter mit Absicht verfahren sei. Es wäre pedantisch, von einem Dichter anzunehmen, daß er jeden Vers mit Hinblick auf irgend eine Lehrmeinung niedergeschrieben, oder daß er überhaupt — falls er nämlich ein echter Dichter gewesen — Alles, was der Leser als wahr erkennt, mit dem klaren Bewußtsein, wie wir es beim Manne der Wissenschaft verlangen, gedichtet habe: das unterscheidet eben den Dichter vom Philosophen, daß er unbewußt und gleichsam durch Inspiration oder durch Intuition Wahrheiten zu Tage fördert, die der Philosoph erst durch angestrengtes Denken entdeckt und vermittelst einer geschlossenen Gedankenreihe festzustellen vermag. Zufällig aber hat uns Goethe an einer andern Stelle — die ich Ihnen später mitzutheilen Gelegenheit haben werde — gezeigt, daß er vom richtigen Grundsatze in dieser Frage geleitet worden und die Wahrheit erkannt hatte, und so dürfte die Folgerung, die ich aus dem eben erwähnten Ausspruch jetzt ziehen will, wohl gerechtfertigt sein. Ich meine nämlich, es werde schwerlich irgend Jemand vom Wahne befangen sein, es ließe ein Talent sich aneignen — das nascitur, non fit, Geboren- und nicht Gemachtwerden, gilt meinem Dafürhalten nach nicht bloß vom Dichter, von dem man es vorzugsweise ausgesagt hat, sondern von jeder, geistige Fähigkeiten verlangenden Thätigkeit — wie könnten wir sonst auch von Begabung reden? —

Trotzdem bedarf das dem Individuum angeborene Talent der Ausbildung, soll es zur Reife kommen, zur Vollendung gedeihen. Genau so nun verhält es sich mit dem Charakter, nur daß, wie Goethe es so trefflich und präcis ausgesprochen, die Bildungswege der beiden, des Charakters und des Talents, verschieden sind. Das Talent, welches der Intensität nach, wenn ich so sagen darf, sich auszubilden hat, bedarf der Stille und Sammlung, der Ab- und Zurückgezogenheit nach Innen. Der Charakter, welcher nach Außen hin seine Thätigkeit entfaltet, bedarf eben deshalb des äußeren Verkehrs mit den Menschen, hat im Strom des Lebens sich zu stählen und im Kampfe mit der Außenwelt zu erstarken. So viel, um Goethe's Ausspruch zu erläutern. Doch muß ich Sie bitten, meine letztern Worte nicht falsch aufzufassen. Ich handle nämlich hier eigentlich nicht von dem Charakter, der nach Außen und im Verkehr mit der Menschheit sich zeigt, sondern möchte meine Erörterungen immer nur in dem früher angegebenen Sinne und derjenigen Definition, nach welcher ich unter Charakter jene Gesammtheit von sittlichen Eigenschaften, die dem Individuum sein sittliches Gepräge — und etwas Anderes ist Charakter nicht — aufdrücken, verstanden haben.

Wenn man im gewöhnlichen Leben von Charakter spricht und Jemanden als einen Mann von Charakter oder als charakterlos bezeichnet; so beruhen diese Bezeichnungen auf Ungenauigkeit im Ausdruck. Man verwechselt nämlich hier Charakter mit Grundsätzen, denn charakterlos kann Niemand sein, wohl aber ohne feste und bestimmte Grundsätze, nach denen er handelt. Was man einen Charakter nennt, das ist ein Mann, der feste Grundsätze hat, die ihn bei seinem Wirken leiten — der, von diesen bestimmt, gewisse Ziele mit Entschiedenheit verfolgt und erstrebt und durch Ausdauer und Beharrlichkeit sie erreicht!

Diese Entschiedenheit und Beharrlichkeit nun, die ich dem sogenannten Manne von Charakter beigelegt, sind Eigenschaften, die ihm angeboren sind; sie sind Theil seines Charakters; sie treten bei seinem Wirken in die Erscheinung und werden nur durch dasselbe uns sichtbar; ihn aber deshalb einen Mann von Charakter zu nennen und dem charakterlosen entgegenzustellen, ist wohl durch den Sprachgebrauch gerechtfertigt, aber unphilosophisch gedacht; denn auch der Mangel an Entschiedenheit und Beharrlichkeit, also auch das unentschiedene und schwankende Wesen, ist Charakter, zwar kein wünschens- und beneidenswerther — doch immerhin der Charakter oder das angeborene Gepräge des betreffenden Individuums. Es können sogar solche negative Eigenschaften eben so scharf ausgeprägt sein, als die positiven, obgleich zu den sogenannten Charakterstücken, deren Helden eben Individuen von sehr deutlich und scharf hervortretenden Eigenschaften oder Charakterzügen sind, in der Regel die letzteren vorgezogen werden.

Die negativen hingegen eignen sich für das Lustspiel sowohl wie für die Tragödie. Ich erinnere blos an Hamlet. Doch diese Bemerkungen gehören in das Gebiet der Aesthetik, welches zu betreten nicht in meiner Absicht liegt. Ich komme daher wieder auf das von mir begonnene Thema zurück.

So auffallend die Lehre vom Angeborensein des Charakters nun auch, wie ich vorhin gesagt, auf den ersten Blick scheinen mag, so muß ich Sie doch daran erinnern, daß sie, ohne gerade als Lehre ausgesprochen worden zu sein, den zu allen Zeiten vorwaltenden Anschauungen über den Gegenstand zu Grunde gelegen, der Menschheit also stets, wenigstens dunkel und in der Ahnung, vorgeschwebt hat. „Coelum, non animum mutant qui trans mare currunt" (die über das Meer gehen, verändern wohl den Himmelsstrich, nicht aber den Charakter), sagten die alten Römer, und ähnliche Sprichwörter über die Unveränderlichkeit des Charakters ließen sich aus allen Zeiten und allen Nationen aufführen. Und ist es nicht die erste Aufforderung, die wir an den Dichter stellen, daß die Charaktere, die er schildert, streng und consequent durchgeführt seien? Oder könnten wir von dem Charakter einer Nation reden und ihn schildern, wäre er der Veränderlichkeit unterworfen? Und wie mit Nationen, so verhält es sich auch mit Individuen. Wie arg würde derjenige sich täuschen, welcher, einem Freunde nach langer Abwesenheit begegnend — vom Wahne befangen, dessen Charakter sei ein anderer geworden, sein Benehmen danach einrichtete! Und wie Mancher mag sich schon getäuscht haben, der in solchem Falle, von irrigen Grundsätzen geleitet, seine Handlungsweise dem Freunde gegenüber danach gestaltet hatte, bis er, vielleicht zu seinem Bedauern oder seinem Schaden, die traurige Erfahrung gemacht, daß der Freund — freilich eine hier schlecht passende Bezeichnung — der alte geblieben ist. Oder sollte etwa, was falsch in der Wirklichkeit, wahr in der Kunst sein? Aber Sie wissen, meine Herren, daß man es einem dramatischen Dichter nicht verzeihen, daß man ihn als des ABC seiner Kunst unkundig betrachten würde, führte er uns eine Gestalt vor, die uns im Anfang des Stückes einen Charakter und am Ende desselben einen ganz andern zur Schau stellte; daß es hingegen allgemein anerkannte Regel der Kunst ist, jeder Gestaltung, die der Dichter kraft seiner Phantasie ins Dasein ruft, den einmal uns vorgezeichneten Charakter bis zum letzten Athemzuge selbst beibehalten, sie keinen Augenblick aus der Rolle fallen zu lassen, sodaß der aufmerksame Zuschauer bei jeder neuen Situation im Voraus berechnen können muß, wie der betreffende in ihr handeln werde, und diese Rechnung nie fehl schlagen darf, so der Dichter seine Kunst verstanden. Täuschen wir uns also nicht, und entschließen wir uns vorerst einmal — wenn auch mit Bedenken und Widerstreben, der Wahrheit die Ehre zu geben und den Wahn fahren zu lassen, daß äußere Umstände den Charakter des Individuums erzeugen. Sie können wohl von Einfluß auf ihn sein, ihn bilden und entwickeln; nie aber ihn zu einem völlig anderen umgestalten, als er vorher gewesen. Wenn wir zuweilen von solchen Veränderungen hören, wenn man uns von einem gänzlichen Umschwung erzählt, der bei hervorragenden Männern, wie z. B. bei Shakespeare und Goethe, stattgefunden haben soll, so muß man wohl unterscheiden, ob hier vom Charakter oder vom Intellect die Rede sei. Bei den eben genannten Männern war der Umschwung entschieden ein intellectueller. In anderen Fällen, wie beispielsweise bei einigen römischen Cäsaren und bei Philipp II., wo allerdings der Charakter es war, der unter den veränderten Umständen oder im Laufe der Zeit als verändert, ja als dem früheren geradezu entgegengesetzt sich zeigte, waren es eben die äußeren Umstände oder die Zeit, die das bis dahin Latente im Charakter hervorriefen und an den Tag brachten: nimmer aber hätte das in die Erscheinung hervortreten können, was nicht vom Anfang an dagewesen wäre; denn, wie gesagt, jede Existentia (jedes Dasein) muß seine Essentia (sein Wesen, seine Beschaffenheit) haben. Nachdem ich Sie nun so zum Verständniß einer leider noch immer zu wenig beherzigten und so wenig gekannten Lehre vorbereitet, habe ich Sie zunächst damit bekannt zu machen, von wem die Ihnen jetzt mitgetheilte hauptsächlich vertreten ist. — Vorher gestatten Sie mir jedoch ein Wort der Erklärung

In der Philosophie, ebenso wie in andern Zweigen der Wissenschaft und auf allen Gebieten, wo man von verschiedenen allgemeinen Anschauungen und Ansichten ausgeht und es verschiedene Standpunkte giebt, wird man, falls man selbst kein neues System aufstellt — obschon auch ein solches allemal an bereits vorhergegangene Anschauungen anknüpfen wird und der Sachlage nach auch anknüpfen muß, sich irgend einer Schule anschließen, zu irgend einem System sich bekennen und ihm huldigen. Zu einem solchen Anschluß aber, worunter ich ein inniges In sich Aufnehmen und Verarbeiten der Ansichten und Lehren eines Andern verstehe, ist, wie bei der Empfänglichkeit für eine epidemische Krankheit, eine Prädisposition erforderlich; denn es verhält sich mit der psychischen ebenso wie mit der physischen Constitution eines Menschen. Daher wird vieles von uns Gelesene oder Vernommene blos einen flüchtigen Eindruck auf uns machen, sich höchstens unserem

Gedächtnisse einprägen, nicht aber in Saft und Blut in uns sich verwandeln und von nachhaltiger Wirkung sein. Erst wenn wir auf Ansichten und Ideen stoßen, die wir selbst schon gehegt, wenn wir auch bis dahin sie gleichsam nur dunkel gefühlt und noch nicht zum klaren Bewußtsein uns gebracht haben, werden wir so ergriffen werden, daß wir uns völlig ihrer bemächtigen und sie uns aneignen.

„Du gleichst dem Geist, den du verstehst" ist ein Satz, der nichts mephistophelisches hat, sondern eine einfache Wahrheit enthält, und wir brauchen ihn, um das, was ich eben gesagt, zu unterstützen, bloß umzustellen. Ich, für meinen Theil nun, fand eine solche Uebereinstimmung mit meinen bereits früher gehegten Ansichten bei dem unlängst verstorbenen, zwar berühmten und doch nicht genug bekannten Philosophen Arthur Schopenhauer, und daher habe ich mich seinem Systeme, freilich nicht ohne manche Abweichung, angeschlossen, und bin von ihm selbst als sein Jünger bezeichnet worden. Wer wird es mir demnach verargen, wenn ich jede passende Gelegenheit benutze, seine Ansichten, insofern ich sie für wahr und ersprießlich halte, zu verbreiten, und ihnen in weiteren Kreisen Eingang zu verschaffen? — Ich brauche Ihnen wohl nicht mehr zu sagen, daß er es ist, dem ich Aufklärung über den zur Sprache gebrachten Gegenstand verdanke, daß er der große und kühne Vertreter der von mir ausgesprochenen Wahrheit ist. Ich werde mir daher erlauben, Ihnen die betreffende Stelle aus seiner von der norwegischen Societät der Wissenschaften gekrönten Preisschrift: „Ueber die Freiheit des menschlichen Willens," ausführlicher mitzutheilen. Vorher jedoch wird es nöthig sein, auf seinen Vorgänger, den großen Königsberger Philosophen Immanuel Kant, an den er zunächst anknüpft, zurückzugehen, um Sie wenigstens einen flüchtigen Blick in die Entstehung und Entwickelung dieser speciellen Lehre Schopenhauer's thun zu lassen.

Nach Kant nun hat jede Erscheinung in der Natur 1) eine empirische Ursache, welche selbst Wirkung einer anderen empirischen Ursache ist. Dieser Reihe von bedingten Ursachen aber liegt eine unbedingte Ursache zu Grunde, die nicht empirisch oder erfahrungsmäßig, sondern bloß intelligibel oder denkbar ist. — Jede Ursache wirkt nach einem bestimmten Gesetze. In dieser ihrer Wirkungs- oder Handlungsweise unterscheidet sich eine Erscheinung von der andern. Der Charakter des Menschen unterliegt ebenfalls diesem Gesetze, und unterscheidet auch er sich nach dem empirischen und intelligibeln. Der empirische Charakter ist nichts anderes, als Naturerscheinung, in seinen Handlungen durch natürliche Ursachen bedingt, Glied in der Kette der Dinge, in deren Zeitfolge er entsteht und vergeht, ein Gegenstand der Erfahrung oder der Verstandeserkenntniß, der als solcher nichts Unbedingtes enthält. Der intelligible Charakter hingegen ist keine Erscheinung, keine Vorstellung, ist unabhängig von der Zeit, schließt alle Zeitfolge, also allen Wechsel, alles Entstehen und Vergehen von sich aus, ist schlechthin unbedingt und ursprünglich in seinen Handlungen.

Dieser intelligible Charakter ist in allen Thaten des Individuums gleichmäßig gegenwärtig und in ihnen allen, wie das Petschaft in tausend Siegeln, ausgeprägt: er bestimmt den in der Zeit und dem Raume sich darstellenden, empirischen Charakter, der selbst als Erscheinung in allen seinen Aeußerungen, welche die Motive hervorrufen, die Constanz eines Naturgesetzes zeigen muß. Es ist hier also Freiheit mit Nothwendigkeit verbunden; die Freiheit liegt im intelligibeln Charakter, oder wie es Kant auch sonst nennt, dem Dinge an sich; die Nothwendigkeit im empirischen oder den Erscheinungen.

Diese Lehre Kant's vom Zusammenbestehen der Freiheit mit der Nothwendigkeit hält Schopenhauer für die größte aller Leistungen des menschlichen Tiefsinns. An sie anknüpfend hat er vier Grundsätze, gleichsam als Axiome hingestellt und mit der ihm eigenen Schärfe und Klarheit beleuchtet. Der Charakter des Menschen, sagt er, ist 1) individuell: er ist in Jedem ein anderer. Zwar liegt der Charakter der Species allen zum Grunde, daher die Haupteigenschaften sich in jedem wiederfinden. Allein hier ist ein so bedeutendes Mehr oder Minder des Grades, eine solche Verschiedenheit der Combination und Modification der Eigenschaften durcheinander, daß man annehmen kann, der moralische Unterschied der Charaktere komme dem der intellectuellen völlig gleich, was viel sagen will, und beide seien ohne Vergleich größer als die körperliche Verschiedenheit zwischen Riese und Zwerg. 2) Der Charakter des Menschen ist empirisch. Durch Erfahrung allein lernt man ihn kennen, nicht bloß an Anderen, sondern auch an sich selbst. Daher wird man oft, wie über Andere, so auch über sich selbst enttäuscht, wenn man entdeckt, daß man diese oder jene Eigenschaft, z. B. Gerechtigkeit, Uneigennützigkeit, Muth, nicht in dem Grade besitzt, als man gütigst voraussetzte. — Die genaue Kenntniß seines eigenen empirischen Charakters giebt dem Menschen das, was man erworbenen Charakter nennt: derjenige besitzt ihn, der seine eigenen Eigenschaften, gute wie schlechte, genau kennt und dadurch sicher weiß, was er sich zutrauen und zumuthen darf, was aber nicht. 3) Der Charakter des Menschen ist constant: er bleibt derselbe, das ganze Leben hindurch. Bloß in der Richtung und dem Stoff erfährt er die scheinbaren Modificationen, welche Folge der Verschiedenheit der Lebensalter und ihrer Bedürfnisse sind. Der Mensch ändert sich nie: wie er in einem Falle gehandelt hat, so wird er, unter völlig gleichen Umständen (zu denen jedoch auch die richtige Kenntniß dieser Umstände gehört) stets wieder handeln. Zwar wird Mancher diese Wahrheit mit Worten läugnen: er selbst setzt sie jedoch bei seinem Handeln voraus, indem er dem, den er einmal unredlich befunden, nie wieder traut, wohl aber sich auf den verläßt, der sich früher redlich bewiesen. Denn auf jener Wahrheit beruht die Möglichkeit aller Menschenkenntniß und des festen Vertrauens auf die Geprüften, Erprobten, Bewährten. Sogar wenn ein solches Zutrauen uns einmal getäuscht hat, sagen wir nie: sein Charakter hat sich geändert, sondern: „ich habe mich in ihm geirrt." Auf ihr beruht es, daß, wenn wir den moralischen Werth einer Handlung beurtheilen wollen, wir vor Allem über ihr Motiv Gewißheit zu erlangen suchen, dann aber unser Lob oder Tadel nicht das Motiv trifft, sondern den Charakter, der sich durch ein solches Motiv bestimmen ließ, als den zweiten und allein dem Menschen inhärirenden Factor dieser That. Endlich 4) der individuelle Charakter ist angeboren: er ist kein Werk der Kunst oder der dem Zufall unterworfenen Umstände, sondern das Werk der Natur selbst. Er offenbart sich schon im Kinde, zeigt dort im Kleinen, was er künftig im Großen sein wird, daher legen, bei der allergleichsten Erziehung und Umgebung, zwei Kinder den grundverschiedensten Charakter aufs deutlichste an den Tag: es ist derselbe, den sie als Greise tragen werden. --[1]) Dies, meine Herren, sind die vier folgenschweren Grundsätze, die ich Ihnen zu sorgfältiger Erwägung anheim geben wollte; allein Sie würden mit Recht unzufrieden von dannen gehen, wollte ich meine Aufgabe hiermit für gelöst ansehen und mit diesen Prämissen schließen. Von der Tragweite der eben ausgesprochenen Sätze werden Sie hinlänglich überzeugt sein. Es wird Ihnen einleuchten, daß sowohl alle Selbstkenntniß wie alle Menschenkenntniß auf ihnen beruht und ohne sie ganz unmöglich ist. Sie werden aber fragen, wie es dann um die Besserung des Menschen und um seine Zurechnungsfähigkeit stehe, und was überhaupt die Erziehung unter so bewandten Umständen leisten könne. Die Beantwor-

---

[1]) Seitdem dieser Vortrag geschrieben, hat ein Jünger Schopenhauer's, Dr. Julius Bahnsen, diesen Theil der Lehre des Meisters ausführlich bearbeitet in seinen „Beiträgen zur Charakterologie. Mit besonderer Berücksichtigung pädagogischer Fragen." 2 Bände. Leipzig, F. A. Brockhaus, 1867.

tung dieser Frage wird uns auf unsern Ausgangspunkt zurückführen. Ich fing damit an, Ihnen das zwar alte, aber ewig wichtige Wort: „Kenne dich selbst" zuzurufen. Auf die Erkenntniß, das Wissen und Gewissen komme ich nun zurück. Schon Socrates, meine Herren, lehrte, daß alle Tugend im Wissen bestehe. Sein ganzes Bestreben ging dahin, die Sittlichkeit durch das Wissen wieder herzustellen und tiefer zu begründen. Ohne ein richtiges Wissen, behauptete er, sei kein richtiges Handeln möglich. Auch Schopenhauer theilt diese Ansicht des griechischen Weisen. „Bloß die Erkenntniß," heißt es bei ihm, „läßt sich berichtigen," daher er (der Mensch) zu der Einsicht gelangen kann, daß diese oder jene Mittel, die er früher anwandte, nicht zu seinem Zwecke führen, oder mehr Nachtheil als Gewinn bringen: dann ändert er das Mittel, nicht die Zwecke. Ueberhaupt liegt allein in der Erkenntniß die Sphäre und der Bereich aller Besserung und Veredlung. Der Charakter ist unveränderlich, die Motive wirken mit Nothwendigkeit; aber sie haben durch die Erkenntniß hindurchzugehen, als welche das Medium der Motive ist. Diese aber ist der mannichfaltigsten Erweiterung, der immerwährenden Berichtigung in unzähligen Graden fähig: dahin arbeitet alle Erziehung. Die Ausbildung der Vernunft, durch Kenntnisse und Einsichten jeder Art, ist dadurch moralisch wichtig, daß sie Motiven, für welche ohne sie der Mensch verschlossen bliebe, den Zugang öffnet. Daher kann, unter gleichen äußeren Umständen, die Lage eines Menschen das zweite Mal doch in der That eine ganz andere sein, als das erste: wenn er nämlich in der Zwischenzeit fähig geworden ist, jene Umstände richtig und vollständig zu begreifen und jetzt Motive auf ihn wirken, für die er früher unzugänglich war. Weiter aber, als auf die Berichtigung der Erkenntniß erstreckt sich keine moralische Einwirkung, und das Unternehmen, die Charakterfehler eines Menschen durch Reden und Moralisiren aufheben und so seinen Charakter selbst, seine eigentliche Moralität, umschaffen zu wollen, ist ganz gleich dem Vorhaben, Blei durch äußere Einwirkung in Gold zu verwandeln, oder eine Eiche durch sorgfältige Pflege dahin zu bringen, daß sie Aprikosen trägt." Dieser Wahrheit, meine Herren, müssen wir, wie gesagt, dreist ins Gesicht schauen, von ihr müssen wir bei unserm Verfahren uns leiten lassen, so wir mit Erfolg die Besserung und Veredelung der Menschheit anstreben wollen. Und sie macht sich in unseren Tagen immer mehr geltend. So ist vor Kurzem ein Werk in England erschienen, welches das allgemeinste Aufsehen erregt und auch bereits ins Deutsche von einem namhaften Philosophen übertragen worden. Ich spreche von Buckles „Geschichte der Civilisation," einem

Werke, welches in der ganzen Art, die Geschichte zu behandeln, in der philosophischen Auffassung dieser besten Lehrerin des Menschengeschlechts Epoche machend zu werden verspricht. Es dürfte zweckmäßig sein, Sie mit den leitenden Grundsätzen dieses so wichtigen Werkes bekannt zu machen, um Ihre besondere Aufmerksamkeit darauf hinzulenken. Sie sind folgende: 1) Daß der Fortschritt der Völker von dem Erfolg abhängt, mit welchem die Gesetze der Erscheinungen untersucht werden, und von der Ausdehnung, in welcher eine Kenntniß dieser Gesetze verbreitet ist! 2) Daß ehe eine solche Untersuchung vorgenommen werden kann, ein Geist des Skepticismus entstehen muß. 3) Daß die Ergebnisse dieser Untersuchung dazu dienen, den Einfluß intellectueller Wahrheiten zu vermehren und den sittlicher Wahrheiten, welche des Fortschritts weniger fähig sind, als die intellectuellen, zwar nicht absolut, doch relativ zu vermindern. 4) Daß der große Feind dieser fortschreitenden Untersuchungen und folglich der Civilisation der Menschheit der schützende Geist ist, mit welchem die Regierungen es unternehmen, über die Menschen zu wachen und sie lehren, was sie zu thun haben, und Kirchen ihnen vorschreiben, was sie zu glauben haben. Es laufen also seine Grundsätze — die ich freilich nicht sammt und sonders unterschreibe — auf den seinem großen Landsmanne Baco zugeschriebenen Ausspruch „Wissen ist Macht" hinaus. Das Wissen, welches er verlangt, ist nun zwar nicht dem ähnlich, von welchem ich bisher geredet, ist nicht das sokratische, sondern eher das von jenem Weisen verworfene, oder doch als der Sittlichkeit und der Veredlung des Menschen nicht für förderlich gehaltene; allein es wird Ihnen nicht entgangen sein, daß Buckle im Grunde mit derjenigen Ansicht übereinstimmt, die ich heute hier vertrete, daß nämlich das Wissen Bedingung, alleinige Bedingung des Fortschritts sei. Der Unterschied zwischen uns liegt nur darin, daß er von Völkern, von der Gesammtheit, ich aber von dem Einzelnen handle. Was aber für die Gesammtheit die Kenntniß der großen unveränderlichen Naturgesetze, das ist für den Einzelnen, insoweit seine sittliche Veredlung betroffen ist, die Kenntniß seiner selbst. Auf dieser Erkenntniß beruht aber auch alle Menschenkenntniß, eine Wissenschaft, die sich noch vollständig in der Kindheit befindet, für die noch alle regelmäßige Beobachtung fehlt, die noch gar nicht zur Wissenschaft erhoben worden, eben weil man noch keine festen Principien über den Charakter aufgestellt oder zu den aufgestellten sich noch nicht bekannt hat. Zum Glück läßt man sie jedoch im Leben wie in der Dichtung unbewußt gelten. So kommt man immer mehr zur Einsicht, daß der Staat die Verpflichtung habe und besser daran thue, für die Erziehung der unbemittelten Klassen zu sorgen, als Gefängnisse zu bauen und Strafsysteme zu ersinnen; daß dem Verbrechen vorzubeugen, besser sei, als es zu strafen, und daß man ihm nur auf dem Wege der Erziehung vorbeugen könne. Diese selbst aber kann nur dann von Wirkung sein, nur dann gedeihen, wenn man von richtigen Grundsätzen ausgeht, wenn man weiß, was sie zu leisten vermag und nicht das Unmögliche will, wenn man die rechten Mittel zu ergreifen versteht und das alleinige Ziel, welches zu erreichen möglich ist, fest im Auge behält. Es ist dies eine Aufgabe, die zu lösen wir fast alle, sei es als Väter oder als Lehrer, aufgerufen sind; doch wie Wenige sind dazu berufen! Wie Wenige haben sich diese Aufgabe klar gemacht! Wie planlos wird so oft in der Erziehung verfahren! Wie stümperhaft wird sie so oft betrieben! Welche Fehlgriffe werden hier begangen! Wie so oft bedürfen die Erzieher erst der Erziehung oder um mich nicht selbst einer Verwechselung der Begriffe schuldig zu machen, des Unterrichts über die Erziehung!

Nur der wird in der Erziehung etwas leisten können, wird richtig erziehen, der von richtigen Grundsätzen geleitet, zugleich die nöthige, aber freilich seltene, scharfe Beobachtungsgabe besitzt, um die sittlichen Anlagen oder den Charakter des Kindes zu erspähen, und frühzeitig, ja hauptsächlich in den ersten Jahren der Kindheit darauf hinarbeitet, das Rauhe zu glätten, dem Schiefen eine gerade Richtung zu geben, den Willen auf das Richtige zu lenken und die Willkür zu brechen. Auf solche Weise kann auch unter den ungünstigsten Umständen immer noch etwas geleistet werden. Später ist die Aussicht auf Erfolg, selbst beim sorgfältigsten Unterricht, denn die eigentliche Erziehung hat dann schon aufgehört, allemal zweifelhaft. Indessen darf man nicht vergessen, daß der Eine ohne alle Erziehung gut, der Andere, bei der gewissenhaftesten Anleitung und dem umfassendsten Unterricht, schlecht gerathen kann. Ersteres, weil eben der Charakter, die gute Anlage und Gesinnung angeboren ist, letzteres, weil die Erziehung nicht überall anschlägt oder vielleicht die richtige Anwendung dieses Heilmittels bei bösartigen Naturen noch nicht hinlänglich verstanden wird. In der Regel werden bei verstockten Naturen Eltern, als die befangensten und von der Liebe geblendeten Erzieher, am wenigsten, die welche sich mit der Besserung der Verwahrlosten und Gesunkenen beschäftigen, durch ihre Unbefangenheit und in Folge des durch den Umgang mit solchen Subjecten geübten Scharfblick, am meisten leisten. Aber ebenso wie es unheilbare Krankheiten giebt, so giebt es auch Individuen, welche für allen und jeden Einfluß der Erziehung unempfänglich und unzugänzlich, also unverbesserlich sind. Hier und da ist sogar die Ansicht vorherrschend, daß die Bildung bösartigen Naturen nachtheilig und ihrem lasterhaften Hange förderlich werden könne, und es fehlt in der That nicht an Beispielen, um diese Ansicht zu unterstützen. Man kann es an Einzelnen wie an Nationen nachweisen, daß, je höher ihr Bildungsgrad, desto ausgefeimter und verschmitzter ihre Bosheit, desto raffinirter ihre Grausamkeit, desto ausgearteter ihr Laster und desto schwärzer ihre Verbrechen. Allein in solchen Fällen hat eben die Erziehung nichts gefruchtet oder war eben eine verfehlte, und da konnte es nicht ausbleiben, daß der dem Willen als Leuchte beigesellte, zunächst in seinem Dienste stehende, auf den Egoismus gerichtete und durch den Unterricht geschärfte Intellect das Bösartige des Charakters, der seinen Sitz im Willen hat, nur verschlimmern mußte. Alles in der Welt hat seine Schattenseite. Doch der Mißbrauch, wenn ich es so nennen darf, darf bekanntlich den Gebrauch — d. h. die richtige und nützliche Anwendung eines Mittels nicht aufheben. Ich bin mir wohl bewußt, daß das eben Gesagte bloße Gemeinplätze sind, und ich um Ihre Nachsicht zu bitten habe, Sie mit dergleichen aufgehalten zu haben. Zu meiner Entschuldigung kann ich nur sagen, daß es meinem Dafürhalten nach gewisse Wahrheiten giebt, die, so allgemein be- und anerkannt sie auch seien, doch ihrer hohen Wichtigkeit wegen nicht oft genug wiederholt werden können. Doch ist es nun Zeit, daß ich von dieser Abschweifung zurückkomme und endlich auf die Frage nach der Verantwortlichkeit des Menschen für seine Handlungen oder dessen Zurechnungsfähigkeit — eingehe. Es ist dies eine ebenso gewichtige als schwierige Frage, an deren Untersuchung man nur mit der größten Vorsicht gehen darf, und ich möchte mich nicht dafür verbürgen, daß meine Lösung Sie völlig befriedigen werde. Die Frage selbst wird sich Ihnen bereits aufgedrängt haben. Es muß Ihnen in die Augen gesprungen sein, daß, wenn der Charakter des Menschen angeboren und unveränderlich ist, auch seine Handlungen es nothwendigerweise sein müssen, und er also nicht verantwortlich für sie gemacht werden könne. Es wäre somit auch die Willensfreiheit geleugnet und der Mensch den Gesetzen der eisernen Nothwendigkeit verfallen. Dies, meine Herren, ist eine Frage, die den Philosophen aller Jahrhunderte die größte Schwierigkeit gemacht hat und auch heute noch ihrer befriedigenden Lösung harrt. Die, welche mein Führer Schopenhauer bietet, könnte ich Ihnen nicht mittheilen, ohne auf seine Metaphysik näher einzugehen, was jedoch meiner Absicht fern liegt. Auch fühle ich mich um so weniger dazu veranlaßt, als ich Ihnen unumwunden gestehen muß, daß dieser Punkt seiner Lehre mich nicht befriedigt hat und ich hier mit ihm auseinander gehe oder doch die Sache mir anders zu erklären versuche. Um Ihnen jedoch anzudeuten, wie er sich aus der Schwierigkeit hilft, will ich Ihnen wenigstens in aller Kürze sagen, daß er wohl eine Freiheit bestehen läßt, nicht aber im Handeln, sondern im Sein der Menschen. Dies zu verstehen, dazu gehört eben eine genauere Kenntniß seines Systems.

Allein bei aller Vertrautheit mit seinen Lehren, bleibt diese Erklärung dennoch dunkel und genügt sie nicht, die Verantwortlichkeit des Menschen für seine Handlungen aus ihr herzuleiten.

Worauf also läßt diese sich gründen? — Der gewöhnlichen Ansicht nach, auf die Willensfreiheit des Menschen. Ob er diese besitzt, ist aber eine streitige Frage unter den Philosophen, und sie ist zu subtiler Art, als daß ich sie hier untersuchen sollte. Ich kann sie jedoch zum Glück hingestellt sein lassen und habe nicht nöthig, die endliche Schlichtung des Streites abzuwarten. Mag der Wille frei sein oder nicht, wir wissen mit Bestimmtheit, daß der Mensch, kraft seiner Vernunft, seine Neigungen zu beherrschen vermag, und daß er an seinem Gewissen den Leiter hat, der ihm sagt, was er zu unterlassen habe. Und nach dieser Ansicht, oder vielmehr von diesen Grundsätzen ausgehend, verfährt denn auch der Richter, ohne sich um die Frage nach der Willensfreiheit zu kümmern. Er nimmt an, daß, wer bei gesunden Sinnen ist, d. h. seine gesunde Vernunft besitzt und demnach zurechnungsfähig ist, für seine Handlungen verantwortlich sei und verhängt demnach die Strafe über den Schuldigen. Die erste und alleinige Bedingung der Verantwortlichkeit ist also das Wissen. Sie steigert sich daher mit dem Alter und, in manchen Fällen, mit dem Bildungsgrade. Ein Kind, das zwischen Recht und Unrecht noch nicht zu unterscheiden versteht, ist noch gar nicht, ein Erwachsener, der nur dunkle Begriffe davon hat, ist minder verantwortlich als der, welcher völlig klar darüber ist. Wäre der Charakter das Maßgebende bei der Bestrafung, würde ihm die Schuld zugeschrieben, so wären alle drei: das Kind, der Ungebildete und der Gebildete gleich strafbar. So aber verfahren wir nicht im Leben: hat auch das Gesetz nur ein Strafmaß für den Gebildeten und Ungebildeten; so verdammen wir doch jenen in weit höherem Grade und bemitleiden diesen mehr als wir ihn verdammen. Wir handeln eben unbewußt nach richtigen Grundsätzen. Unsere Praxis ist richtig, während die Theorie falsch sein kann. Daher kommt es, wie bereits erwähnt, daß der Staat jetzt mehr darauf bedacht ist, dem Verbrechen vorzubeugen, als es zu strafen, daß man der Schule mehr Aufmerksamkeit schenkt, als dem Gefängniß; denn er fühlt, daß durch die Vernachläſſigung des Unterrichtsweſens für die ärmeren Klaſſen, die Verantwortlichkeit für die von ihnen begangenen Verbrechen zum großen Theile ihm zufällt; daß es ſeine Pflicht ſei, erſt zu belehren und dann zu ſtrafen, und er ſich nur auf ſeine Unkoſten dieſer Verpflichtung entziehen könne. Sie ſehen alſo, meine Herren, daß die Lehre vom Angeborenſein des Charakters nichts Staatsgefährliches enthält; daß ich die Verantwortlichkeit allein dem Intellect zuſchiebe, daß das Wiſſen bei mir das Maßgebende für dieſelbe ſei. Um ſo weniger, denke ich, werden Sie ſich nun gegen die Annahme jener wichtigen Wahrheit ſträuben, um ſo weniger werden Sie Anſtand nehmen, ſie gelten zu laſſen, nicht jedoch ohne ſie ſelbſt genauer zu prüfen und nach allen Seiten hin zu erwägen.

Sie werden dann freilich finden, daß das richtige Wiſſen noch nicht zum richtigen Handeln ausreiche oder dieſes allemal zur Folge haben müſſe, daß, im Gegentheil, wie wir Menſchen einmal ſind, es ſehr und nur zu oft von uns geſagt werden muß, daß wir das Beſſere zwar wiſſen und billigen, dem Schlimmeren aber folgen. Dieſe demüthigende Erfahrung iſt allerdings beklagenswerth und ſpricht nur zu laut für die Unvollkommenheit der menſchlichen Natur. Allein Sie werden auch andererſeits zur Erkenntniß gelangen, daß ohne das Rechte und Gute zu erkennen, recht und gut zu handeln nicht wohl möglich ſei. Einzelne günſtig angelegte Naturen werden es zwar inſtinktmäßig zu ergreifen wiſſen; denn es ſtände ſchlimm um die Menſchheit, wenn es nicht auch angeborene gute und edle Eigenſchaften gäbe; allein ich ſpreche nur einem Buche nach, dem man peſſimiſtiſche Anſchauungen niemals zum Vorwurfe gemacht, welches man vielmehr als die Quelle des Optimismus angeſehen hat, wenn ich die Behauptung ausſpreche, daß „die Neigung des menſchlichen Herzens böſe iſt von ſeiner Jugend auf." Daher eben wird für die Geſammtheit Lehre und Unterweiſung ſtets von Nöthen ſein und der ſchon mehrfach erwähnte alte griechiſche Weiſe immer Recht behalten. Zum Wiſſen wird freilich auch Gewöhnung hinzukommen müſſen; denn Uebung thut es in der ſittlichen Sphäre ebenſo wie in der der Kunſt, und ein anderer griechiſcher Weiſe, der große Schüler des Sokrates, legt der Gewöhnung noch mehr Kraft und Werth bei, als dem bloßen Unterricht; doch wird dieſer zur Befeſtigung in der Tugend ſtets unerläßlich und zu einem vollkommen ſittlichen Lebenswandel unentbehrlich ſein. Iſt aber die Erkenntniß berichtigt, haben die guten Lehren Wurzel gefaßt, mag der angeborene Charakter dann ſein, welcher Art er wolle; so ist eine Bürgschaft geboten, daß, kann er auch nicht verändert werden, die erlangte Einsicht der Vernunft zum Siege verhelfen, und das Handeln des Menschen auf der Bahn des Rechtes und des Guten bleiben werde.

Um aber den ganzen Inhalt meines heutigen Vortrags kurz zusammenzufassen, erlauben Sie mir zum Schluß, Ihnen die bereits erwähnte Strophe unsers großen Dichters mitzutheilen, in welcher er das Ergebniß der Ihnen eben vorgeführten Lehre vom individuellen Charakter in schwungvoller, eben so echt poetischer, wie philosophischer Weise, ausgesprochen hat:

> Wie an dem Tag, der Dich der Welt verliehen,
> Die Sonne stand zum Gruße der Planeten;
> Bist also bald und fort und fort gediehen,
> Nach dem Gesetz, wonach Du angetreten.
> So mußt Du sein, Dir kannst Du nicht entfliehen,
> So sagten schon Sibyllen, so Propheten;
> Und keine Zeit und keine Macht zerstückelt
> Geprägte Form, die lebend sich entwickelt.

Neuere Stimmen über Schopenhauer.

I. Französische Stimmen.

Victor Hugo.

Da nicht alle Verehrer Schopenhauer's des französischen Dichters Werke gelesen haben dürften, so wollen wir hier die Stelle aus seinem Les Misérables (T. IV. P. 2. p. 216) mittheilen welche sich unschwer als auf die Schopenhauer'sche Philosophie bezogen, erkennen läßt.

L'admirable aussi, c'est la facilité à se payer de mots. Une école métaphysique du nord, un peu imprégnée de brouillard, a cru faire une révolution dans l'entendement humain en remplaçant le mot Force par le mot Volonté. Dire: la plante veut, au lieu de: la plante croît: cela serait fécond en effet, si l'on ajoutait: l'univers veut. Pourquoi? C'est qu'il en sortirait ceci: la plante veut, donc elle a un moi; l'univers veut, donc il a un Dieu.

Quant à nous, qui pourtant, au rebours de cette école, ne rejetons rien, à priori, une volonté dans la plante, accepté par cette école, nous paraît plus difficile à admettre qu'une volonté dans l'univers, niée par elle. Nier la volonté de l'infini, c'est-à-dire Dieu, cela ne se peut qu'à la condition de nier l'infini. Nous l'avons démontré. La négation de l'infini mène droit au Nihilisme. Tout devient une conception de l'esprit. Avec le Nihilisme pas de discussion possible. Car le nihiliste logique doute que son interlocuteur existe, et n'est pas bien sûr d'exister lui-même. A son point de vue il est possible qu'il ne soit lui-même pour lui-même qu'une „conception de son esprit." Seulement, il ne s'aperçoit point que tout ce qu'il a nié, il l'admet en bloc, rien qu'en prononçant ce mot: Esprit. En somme, aucune voie n'est ouverte pour la pensée par une philosophie qui fait tout aboutir au monosyllabe Non. A: non, il n'y a qu'une réponse: Oui. Le nihilisme est sans portée. Il n'y a pas de néant. Zéro n'existe pas. Tout est quelque chose. Rien n'est rien."

Auf diese Faselei des großen Dichters antworten wir mit seinen eigenen Worten: „L'admirable aussi, c'est la facilité à se payer de mots." Faselei indessen wäre immer noch verzeihlich; Victor Hugo aber hat sich hier einer gänzlichen Verdrehung der Wahrheit schuldig gemacht, die um so weniger zu erklären und zu entschuldigen ist, als ja schon der Titel des Hauptwerks Schopenhauer's: „Die Welt als Wille u. s. w. eben das leistet, was V. Hugo verlangt, daß geschehe, wenn er sagt: „si l'on ajoutait, l'univers veut." Das Kunststück freilich, aus dem Vordersatz: l'univers veut den Schluß: donc il a un Dieu zu ziehen, hat Schopenhauer nicht fertig gebracht. Dafür ist escamotage ein französisches Wort. Und so nennt man doch wohl eine derartige „Erschleichung", weil dieses deutsche Wort nicht bezeichnend genug ist. Was schließlich den Nihilismus betrifft, von dem der Dichter in der angeführten Stelle faselt, so braucht es keinem, der Schopenhauer studirt hat, gesagt zu werden, daß ein solcher, wie der, von welchem Victor Hugo spricht, bei Schopenhauer nirgends anzutreffen ist.

Das ist das Hegel'sche „Nichts", oder das Zeno'sche, welches ihm vorgeschwebt zu haben scheint, als er jene Worte niederschrieb (und von Zeno kam er vielleicht auf den Gedanken, Zéro zu setzen); nicht aber das Schopenhauer'sche, welches, ebenso wenig wie das buddhistische, dem metaphysischen Theile seiner Lehre, sondern dem ethischen angehört. Beide Disciplinen vermengt der Dichter also, wenn er von einer Philosophie redet, qui fait tout aboutir au monosyllabe Non.

Die ganze Argumentation Victor Hugo's erweist sich also als eine bloße Phrasenmacherei, die keiner ernsten Widerlegung würdig ist, und nur die Bedeutung des Mannes als Dichter, und die Gefahr, daß flüchtige Leser seines Werks sich durch seine Autorität leicht imponiren lassen dürften, kann das schon allzu lange Verweilen bei ihm rechtfertigen.

A. Foucher de Careil.

Das Werk dieses Gelehrten: Hegel et Schopenhauer. Études sur la philosophie allemande moderne depuis Kant jusqu'à nos jours" (Paris, L. Hachette & Cie. 1862) hat außer im Frauenstädt-Lindner'schen Werke: „Arthur Schopenhauer. Von ihm, über ihn" (p. 439 ff.) nirgends in Deutschland Beachtung gefunden, und doch hätte es dies, seines ehrlichen Eingehens wegen auf den Gegenstand, den es behandelt, wohl verdient. Indem ich hier auf das Buch aufmerksam mache, ist es nicht meine Absicht, eine Kritik der Kritik der Schopenhauer'schen Philosophie, welche es enthält, zu schreiben; wohl aber muß ich bemerken, daß auch Foucher de Careil in den Irrthum seines vorerwähnten Landsmannes verfallen ist und ebenfalls dessen oben gerügten Worte von der Philosophie Schopenhauer's gebraucht. — An einer andern, als der hier beregten Stelle sagt er in demselben Sinne: „Le nihilisme, a dit M. Cosin, devrait être le dernier mot de la philosophie de Kant, s'il était sincère. Il l'est: Schopenhauer l'a prouvé." Also dieselbe Vermengung der Metaphysik und Ethik, wie bei Victor Hugo. Indessen ist er fern davon, Schopenhauer mit einigen Phrasen abzufertigen. Im Gegentheil widmet er ihm den größern Theil des 384 Seiten starken Werkes, indem nur 141 davon auf Hegel fallen. Er würdigt auch Schopenhauer's Bedeutung als Philosoph, namentlich aber als Schriftsteller vollkommen; was er gegen das System einwendet, ist in Folgendem kurz angedeutet.

Careil läugnet die Idealität der Causalität. Schopenhauer's gegentheilige Behauptung, meint er, beseitige Gott, die Seele und die Willens-

Freiheit, und hieraus erklärt sich seine eben erwähnte Uebereinstimmung mit V. Hugo.

Die Welt als Vorstellung und die Welt als Wille haben keine Verbindung mit einander, seien unvermittelt; daher leide das System am Dualismus.

Die Verantwortlichkeit des Menschen auf die Freiheit des (kosmischen) Willens (des esse) zu gründen, sei zu subtil und mystisch, um verstanden zu werden.

Das Mitleid eigne sich nur schlecht zum Princip der Ethik. Die seinige sei übrigens nicht die christliche, und die christliche wiederum sei nicht dem Buddhismus entnommen. Auf Entsagung lassen sich keine Tugenden gründen.

Im Christenthum sei der Pessimismus mit dem Optimismus vermählt.

Schließlich entstehe eine Gedankenverwirrung aus der Doppelsinnigkeit, welche die Wörter Vorstellung und Wille bei Schopenhauer haben, insofern erstere subjectiv und objectiv sein könne und der Wille bei ihm ein Mal das Verlangen zu Leben und das andere Mal die energische Handlung des Menschen sei.

Da ich Grund habe anzunehmen, daß nur wenige meiner Leser im Besitze des besprochenen Buches sich befinden, so sei es mir gestattet, hier eine Stelle daraus mitzutheilen, die, wenn es sich wirklich so verhält, wie der Verfasser angiebt, uns Schopenhauer's eigene Worte berichtet.

„Ich habe gesehen", erzählt Herr Foucher de Careil (S. 239), „wie er (Schopenhauer) bei dem Gedanken aufleuchtete, daß der philosophische Commentar zu seiner Lehre vom Willen sich in dem mit Recht berühmten Buche von Bichat über das Leben und den Tod befinde. Ich habe ihn die Faulheit oder Sorglosigkeit meiner Landsleute anklagen hören, welche nicht stolz genug auf Bichat's Ruhm seien und vernommen, wie er sich mit Saint=Marc Girardin in Ausdrücken des Bedauerns über den administrativen Vandalismus begegnet, welcher, indem er den Thurm des Sanct Johannes von Lateran zerstörte, das letzte Zeugniß der Arbeiten unsers großen Anatomen hat verschwinden lassen.

„„Die Franzosen,"" sagte er zu mir, „„sollten diesem großen Manne Altäre errichten. Durch seine Unterscheidung des zweifachen Lebens, eines organischen und eines thierischen, eines unpersönlichen und eines persönlichen, hat Bichat der Philosophie eine neue und tiefe Bahn eröffnet. Hören Sie dieses Wort Ihres großen Anatomen; es verdient in goldenen Buchstaben über die Pforten unserer medicinischen Schulen geschrieben zu werden: „Il est sans doute étonnant que les passions n'aient jamais leur terme u. f. w. (Vgl. Welt als W. und V. B. II. p. 297.") „Beurtheilen Sie, mein Herr", soll er weiter zu Careil gesagt haben, „meine Freude, als ich nach dreißig Jahren philosophischer Einsamkeit und wissenschaftlicher Isolirung auf diesen göttlichen Genius stieß, welcher im menschlichen Körper alles das gelesen hatte, was mir die philosophischen Beobachtungen meines ganzen Lebens offenbart hatten. Denn die These, welche ich unterstütze und welche mein Anspruch auf Ruhm bei der Nachwelt sein wird, ist keine andere als die von Bichat in seinem mit Recht berühmten Buche über das Leben und den Tod. Bloß die Worte sind verändert; der Grund ist derselbe. Meine Lehre vom Charakter und von der Freiheit, die sich daraus herleitet, liegt schon im Keime in Bichat.

Da der Charakter nach ihm die moralische Phhsiognomie der Leidenschaften ist und das Temperament die der inneren Functionen, und beide im innigen Zusammenhange mit dem organischen Leben stehen; so hat er, wie ich, eingesehen, daß der Charakter und das Temperament sich nicht verändern und durch die Erziehung nicht verbessert werden können. Die Erziehung kann wohl das Leben des Intellects kräftigen, so daß es den blinden Trieben des organischen Lebens widerstehen könne; dieses letztere aber zu verändern, oder in seinem Grunde zu modificiren, ist unmöglich."

Ich lasse das Uebrige dieser Stelle unübersetzt, da man genau dasselbe bei Schopenhauer (ut supra) nachlesen kann; weshalb mein oben angedeuteter Zweifel an der Wahrheit der von Foucher de Careil angegebenen Thatsache einer persönlichen Unterhaltung mit Schopenhauer über den Gegenstand. Es scheint diese erdichtete Einkleidung eines Auszugs aus einem Werke in die Gestalt eines Gesprächs mit dem Verfasser ein in Frankreich üblicher Gebrauch zu sein und zu den verzeihlichen Unwahrheiten zu gehören, mit denen diese unglückliche Nation sich während des Krieges hat bethören lassen; denn einem gleichen Verfahren begegnen wir auch bei Herrn Chamelle-Lacour von dem sofort die Rede sein soll. Vorher nur noch die nach den voranstehenden Briefen allerdings überflüssige Bemerkung, daß Herr Foucher de Careil sich im Irrthum befindet, wenn er Seydel's Schrift von der Berliner, statt von der Leipziger Universität trönen läßt. Eine der merkwürdigsten Behauptungen in dem sonst verdienstvollen Buche aber sei schließlich noch erwähnt. „La race germanique" heißt es (p. 372) „que nous voyons toujours à travers les nuages brillants de Mme. de Staël, parait peu propre à la philosophie" (!) In einem Werke über Hegel und Schopenhauer klingt dieser Ausspruch, glimpflich gesagt, spaßhaft. Daß er den offenkundigen Thatsachen vollständig ins Gesicht schlägt, bedarf keiner näheren Auseinandersetzung.

Die Revue des deux Mondes.

In ihrem Hefte vom 15. März 1870 brachte diese Revue einen von P. Chamelle-Lacour verfaßten längeren Artikel über Schopenhauer, nachdem Taillandier sich zwar schon mehrere Mal, doch immer nur nebenher, in Abhandlungen über die deutsche Literatur über ihn ausgesprochen hatte. Chamelle-Lacour drückt zwar am Schluß seine Bedenken über das Ergebniß der Schopenhauer'schen Lehre aus, läßt ihm selbst aber volle Gerechtigkeit widerfahren und stellt das System richtig genug dar. Unrichtig hingegen ist die Behauptung, Schopenhauer habe „nur wenig Jünger", und zu diesen zählt er Frauenstädt, Gwinner, Dorguth, Lindner und Emden! Gwinner und Emden waren zwar seine Freunde; ob letzterer aber auch sein „Jünger" war, darüber wissen wir nichts. Und was Gwinner, seinen Biographen, betrifft, so hat er in seiner Schrift „Schopenhauer und seine Freunde" (Leipzig, Brockhaus 1863 p. 35. Anm.) geradezu erklärt, daß er „der Lehre Schopenhauer's nicht anhänge."

Von Bähr, Bahnsen, Rokitanski, meiner Wenigkeit und vielen anderen, hatte Chamelle-Lacour, wie es scheint, nie gehört. Alle die Genannten erschöpfen jedoch noch keineswegs die Zahl seiner „Jünger, und dürften diese wohl unzählbar sein; denn nicht etwa Alle, die sich zu seiner Lehre bekennen, legen öffentliches Zeugniß davon ab. Gewiß aber giebt es, fremder Länder gar nicht zu gedenken, keine Stadt in Deutschland, wo Schopenhauer nicht seine Anhänger hat, die im Stillen zur Verbreitung seiner Philosophie beitragen, und selbst Taillandier hätte Chamelle-Lacour eines Bessern belehren können. Erst wenige Monate nämlich vor dem Erscheinen des hier beregten Aufsatzes enthielt die Revue des deux Mondes einem Artikel aus der Feder ihres eben genannten Mitarbeiters, in welchem er über den großen Einfluß berichtet, den Schopenhauer auf die jüngeren Schriftsteller Deutschlands ausgeübt hat und zählt diesen sogar den so hervorragenden Spielhagen zu, was Krehssig indessen in seinen „Vorlesungen über den deutschen Roman der Gegenwart", ob mit Recht oder Unrecht, möchte ich nicht entscheiden, nicht gelten lassen will. In Bezug aller anderen, von Taillandier genannten, zu denen er noch viele und bedeutende Namen sowohl von Romanschriftstellern als auch von Dichtern hätte hinzufügen können, wird sicherlich Niemand die Thatsache bestreiten, daß sie von Schopenhauer beeinflußt seien.

Offenbar also befanden sich die zwei Mitarbeiter der Revue hier im Widerspruch mit einander; daß aber Taillandier und nicht Chamelle-Lacour die Wahrheit auf seiner Seite habe, konnte die Redaction leicht schon aus der einfachen Thatsache entnehmen, daß ihre Mitarbeiter wiederholt ihre Spalten für Schopenhauer in Anspruch nahmen, und wäre es daher an ihr gewesen, nachdem sie erst kurz vorher des Ersteren Angaben aufgenommen, des Letzteren auffällige Behauptung besser zu controlliren und durch eine Anmerkung zu berichtigen. Gerade weil die Revue des deux Mondes eine so angesehene und weit verbreitete Zeitschrift ist — ja man darf wohl ohne Uebertreibung sagen, die angesehenste und am weitesten verbreitete — muß man eine solche Nachlässigkeit bei ihr rügen.

Wie bereits erwähnt, will auch Chamelle-Lacour aus Schopenhauer's eigenem Munde Worte der Weisheit gehört haben, die aber freilich ebenfalls in dessen Werken zu lesen sind. Er will nämlich mit ihm beim Mittagstische im Hotel zusammengetroffen sein, und reproducirt bei der Gelegenheit die von Gwinner zuerst erzählte und von Scribenten allerlei Art seitdem ausgebeutete und natürlich entstellte Anecdote vom hingelegten Goldstücke. Diese Kleinigkeit wollen wir dem Verfasser gern hingehen lassen. Weniger zu entschuldigen dürfte es sein, wenn er dann Schopenhauer bei Tische ihm gegenüber einen Monolog über die geschlechtliche Liebe und den Fortschritt der Menschheit halten läßt, den jeder Kundige sofort als eine bloße Verarbeitung oder Zustutzung der betreffenden Stellen in den Werken Schopenhauer's erkennen muß. Es mag diese Art der Darstellung für einen größeren Leserkreis, der stets nur nach pikanter Lectüre verlangt, recht zweckmäßig sein; wer sich aber mit Philosophie beschäftigt, dem sollte doch die Wahrheit, auch in kleineren Dingen, vor Allem heilig sein!

II. Englische Stimmen.

The Saturday Review.

Unter dem Titel M. Rénan et Arthur Schopenhauer. Essai de Critique. Par Alexandre Balche. Odessa chez l'auteur. Leipzig, F. A. Brockhaus 1870 erschien im vorigen Jahre ein Schriftchen, dem die Ehre zu Theil geworden, in der Saturday Review vom 24. December v. J. so ausführlich besprochen zu werden, daß die Recension fast gleiche Länge mit dem Schriftchen hat. Da die Besprechung vieles Interessante enthält und dem Leser den Inhalt des eben genannten Schriftchens vermittelt, so dürfte eine wenigstens theilweise Uebersetzung des Artikels Vielen nicht unwillkommen sein, um so mehr, als dieses die einzige englische Stimme ist, die sich seit jenem berühmten Aufsatz in dem Westminster Review von 1853 über Schopenhauer hat vernehmen lassen. Außer meinen eigenen Beiträgen in dem leider eingegangenen The Parthenon und dem Journal of Anthropology vom Januar 1871,[1]) ist mir nichts über Schopenhauer in der englischen Presse begegnet. Darwin, dessen Lehre sich mehrfach mit ihm berührt, erwähnt ihn nirgend; hingegen soll sich, wie mir Herr Professor Dr. B. Carus mitgetheilt, Alfred Wallace, dessen Werke mir zu meinem Bedauern nicht zugänglich sind, auf ihn beziehen und seiner Lehre vom Willen huldigen. Der

---
[1]) Der Titel meines Aufsatzes in dieser Vierteljahrsschrift ist: Schopenhauer and Darwinism.

Artikel der Saturday Review nun lautet also: „Es ist durchaus nicht überraschend, daß wir immer wieder einen eifrigen Jünger des absonderlichen deutschen Philosophen, Arthur Schopenhauer, in der einen oder anderen Gegend der Welt auftauchen sehen. In einer Hinsicht hat Schopenhauer einen unberechenbaren Vortheil über alle anderen Nachfolger Kant's. Seine Werke nämlich sind jedem englischen Leser, der den englischen Metaphysikern zu folgen vermag, verständlich, und wenn seine Schlüsse auffallend sind, so ist doch seine Beweisführung klar; wohingegen die Dialektik Hegel's auf viele den Eindruck macht, den ein Buch über Geometrie hervorbringen würde, in welchem die Beweise mehr als gewöhnlich verwickelt und die Axiomen nichts weniger, als von selbst einleuchtend wären. Er hat auch noch diese Eigenthümlichkeit mit unseren eigenen Philosophen gemein, daß er nicht wie ein Professor vom Katheder spricht; wohingegen Fichte, Schelling und Hegel fast als hintereinander folgende hohe Priester einer metaphysischen Kirche betrachtet werden könnten, welche einen despotischen Einfluß auf Köpfe, die unfähig waren, für sich selbst zu denken, ausgeübt hat. Ein Blick auf die Werke einiger der weniger begabten Hegellaner z. B. wird jeden unpartheiischen Leser überzeugen, daß deren Verfasser die Logik des Meisters mit einem eben so blinden Glauben acceptirt haben, wie ihn der bescheidenste und am mindesten denkfähige Christ dem athanasischen Glaubensbekenntniß schenkt. Selbst der Atheismus, bei welchem Schopenhauer sich beruhigt, und den er es verschmäht mit Pantheismus zu vermengen, ist von einer minder anstößigen Art, als der, welcher den materialistischen Systemen entspringt, insofern er nämlich von einem tiefen Glauben an gewisse wichtige Lehren des Christenthums begleitet und eigentlich eine mit einem häßlichen Namen benannte Gestalt des Mysticismus ist. Es ist jedoch augenscheinlich, daß, wenn auch das von Kant direct ausgehende System Schopenhauer's in den Mysticismus des Buddha ausläuft, er selbst kein Mystiker war, und daß, obschon er Nirwana als das letzte Ziel predigte, nach welchem die Menschheit zu streben habe, er nie dessen Genuß theilhaftig wurde. So tiefer Denker er nämlich auch ist, so hört er doch nie auf, ein vollständiger Weltmann zu sein, und wenn er seine politischen Ansichten ausspricht, so erinnert er sehr an Thomas Hobbes, da auch er der demokratischen Strömung des Zeitalters entgegen ist.

De Balche, ein Russe, bekennt sich als Jünger Schopenhauer's und beschloß in diesem Jahre, augenscheinlich jedoch vor Beginn des Krieges, mit Renan eine Lanze zu brechen. Schopenhauer rühmte sich in seinem Aufenthalte zu Frankfurt, daß er kein Philosoph von Fach sei, sondern ein uneigennütziger Freund der Wissenschaft; während die geistigen Autokraten von Berlin und Jena nach seiner Meinung metaphysische Theorieen gleichsam wie Handelsartikel ersannen, und ihre „Speculation" eher in dem Sinne der Geldbörse zu nehmen sei, als in dem auf Plotin angewandten. Renan ist ein Denker von Profession und hat es übrigens gewagt, zu Gunsten der (älteren) französischen Revolution zu schreiben. De Balche ist ein Geschäftsmann, der seine Mußestunden dem Studium Schopenhauer's widmet und die französische Revolution vom Grunde des Herzens haßt. Hätte Renan seinen Schopenhauer wie ein guter Jünger gelesen, so würde er sich wohl gehütet haben an die schlimmsten Laster des französischen Charakters, Eitelkeit und Neid, zu appelliren. Der Hauptverbrecher indessen, der nach Arthur's Codex zu verurtheilen ist, ist nicht Renan, sondern der Kaiser Napoleon III., der abgewogen und mangelhaft befunden worden ist, und von welchem de Balche verkündet, daß, wenn er je stürzt, ganz Europa ausrufen werde: Bon débarras!

Die Auszüge aus Schopenhauer's Werken, welche mehr als die Hälfte dieses Büchleins füllen, behandeln die Rechtslehre und Politik, und was man auch über die vorgetragenen Lehren denken möge, jedenfalls sind sie wegen ihres schroffen Gegensatzes zu den demokratischen Gemeinplätzen, die sich in den letzteren Jahren zu einer trügerischen Atmosphäre gestaltet haben, sehr pikant. Wir haben hier einen Mann vor uns, der zwar vielleicht ein wunderlicher Kauz ist, der aber wenigstens Keinem schmeichelt, selbst nicht den Damen, oder dem Pöbel."
Nach einer kurzen Auseinandersetzung der Rechtslehre Schopenhauer's fährt der Verfasser fort und sagt:

„Der mit Schopenhauer unbekannte Leser dürfte vielleicht glauben, daß er die schon oft vor ihm dargestellte Lehre so nachdrucksvoll vorträgt, um irgend einen großartigen communistischen Plan damit einzuleiten, und daß er nicht allein jedes Ding bei seinem rechten Namen zu nennen, sondern auch die Zweckmäßigkeit zu betonen beabsichtige, jeden Menschen zur Arbeit anzuhalten. In der That, wenn der Philosoph diesen Theil seiner Lehre mit der Erklärung schließt, daß die Abschaffung des Luxus wahrscheinlich das wirksamste Heilmittel für alles menschliche Weh sein würde; so könnte man leicht eine Befürwortung schmutziger Gleichheit als etwas Selbstverständliches erwarten. Hierin indessen wird man getäuscht. Diese scheinbare Klage über die ungleiche Vertheilung der Arbeit ist bloß Blendwerk. Niemand sympathisirte weniger mit den Bearbeitern des Bodens, als Arthur Schopenhauer."

Es folgt nun ein langer Auszug aus „Parerga" Bd. II. 256, auf den wir den Leser verweisen, wenn er das Werk nicht bereits kennt. Heute,[1]) wo Schopenhauer's Vorschlag sich verwirklicht hat, sei es mir gestattet, nur noch die Stelle daraus hier anzuführen, wo er sagt: „Ebenso aber ist dem deutschen Volke sein Getheiltsein in viele Stämme, die unter eben so vielen, wirklich regierenden Fürsten stehen, mit einem Kaiser über Alle, der den Frieden im Innern wahrt und des Reiches Einheit nach Außen vertritt, natürlich; weil aus seinem Charakter und einen Verhältnissen hervorgegangen. Ich bin der Meinung, daß, wenn Deutschland nicht dem Schicksal Italiens entgegengehen soll,[2]) die von seinem Erzfeinde, dem ersten Bonaparte, aufgehobene Kaiserwürde, und zwar möglichst effectiv, hergestellt werden muß. Denn an ihr hängt die deutsche Einheit und wird ohne sie stets bloß nominell, oder prekär sein." So hoch wie Bismarck's That verstieg sich seine Phantasie freilich nicht; denn er fügt hinzu: „Weil wir aber nicht mehr zur Zeit Günther's von Schwarzburg leben, da mit der Kaiserwahl Ernst gemacht wurde, so sollte die Kaiserkrone abwechselnd an Oesterreich und Preußen übergehen, auf Lebenszeit." Man wird ihn, den Preußen, also als Politiker zu der großdeutschen Partei zählen müssen, die freilich 1866 den Todesstoß empfangen hat. Nun, mag er immerhin als Politiker todt sein; als Philosoph ist ihm das ewige Leben gesichert.

---

[1]) Am 4. Mai 1871 geschrieben.
[2]) Man vergesse nicht, daß Schopenhauer dies im Jahre 1850 schrieb, was der Herausgeber der 2ten Aufl., Dr. J. Frauenstädt, zu bemerken nicht für nöthig erachtet zu haben scheint.

III. Neuere deutsche Stimmen.
Victor Kiy und Carl Rokitansky.

In seiner verdienstvollen Abhandlung: „Der Pessimismus und die Ethik Schopenhauer's" (Berlin, A. W. Hahn, 1866) sucht Kiy den Pessimismus wissenschaftlich zu begründen, oder, wie er sich ausdrückt, die Idee desselben zu entwickeln. Er betrachtet demnach den Pessimismus 1) als subjective Idee, d. h. als Folge eines theoretischen Egoismus, als des formellen Grundes des Pessimismus und 2) seinem objectiven Inhalte, als dem reellen Grunde nach. Der theoretische Egoismus nun soll seinen Grund entweder in einem einseitigen Idealismus, oder einem einseitigen Realismus, oder einem falschen Individualismus haben, und jede dieser Richtungen wird dann eingehender dargestellt. Auch „der Pessimismus nach seinem objectiven Inhalt" wird dann unter der Kategorie des „negativen Widerspruchs" nach drei Seiten hin betrachtet, und zwar 1) von Seiten der Vernunft als das Falsche, d. h. als die positive Negation des Wahren; 2) von Seiten der Natur als das Uebel, d. h. als die positive Negation des Wohls und 3) von Seiten des selbstbewußten Geistes als das Böse, d. h. als die positive Negation des Guten. Die Abtheilung „der negative Widerspruch in der Natur oder das Uebel" schließt der Verfasser mit folgenden Worten: „Somit sind wir zu dem Schlusse gelangt, daß die Natur an sich schuldlos, das Dasein des Uebels in derselben nur durch die Reflexion auf das an sich zufällige Leiden einzelner Individuen vermittelt und daß deshalb nur eine nothwendige Offenbarung des innersten Wesens der Idee der Natur sei, was für die subjective Vorstellung als Uebel erscheine." Am Schlusse der ganzen Entwickelung endlich sagt der Verfasser: „Der practische Egoismus, das Böse, ist deshalb der Hauptausgangspunkt des Pessimismus; es ist die wahrhafte und einzige Quelle der Leiden dieser Welt. Ohne den practischen Egoismus, ohne das Böse wäre der Begriff des Pessimismus völlig inhaltlos."

Halten wir nun diesem Ergebnisse einer deductiven Untersuchung, das eines inductiven Forschers entgegen. In seinem, in der feierlichen Sitzung der kaiserlichen Akademie der Wissenschaften, am 31. Mai 1869, gehaltenen Vortrag über „die Solidarität alles Thierlebens" (Wien, Carl Gerold, 1869) führt dessen Verfasser, Hofrath und Professor Dr. Carl Rokitansky, damaliger Vice-Präsident und jetziger Präsident der kaiserlichen Akademie der Wissenschaften, u. A. folgende Thesen aus: 1) daß die Wurzeln alles Thierlebens und Thierverkehrs von den höchsten Kreisen herab in das protoplastische Urthier reichen; 2) daß die unveräußerliche, in ihrer empirischen Entfaltung an Gesetze gebundene Thiernatur in Hunger und Bewegung mit dem Bewußtwerden der Sättigung, der Befriedigung aggressiver Thätigkeit bestehe und in diesen eine durchgreifende Solidarität des Thierlebens begründet sei. Gleich am Anfang sagt der Verfasser: „Es ist wohl selbstverständlich, daß ich den Menschen in meinem Thema einbegreife, ja, daß ihm darin die wichtigste Rolle zufällt." So viel mußte vorausgeschickt werden, um dem Leser den Sinn der nun folgenden Stelle in seiner vollen Ausdehnung und Tragweite zu vermitteln.

Nachdem der Verfasser die auch von Schopenhauer vertretene Kant'sche Theorie des Charakters für sein Thema herangezogen und verwerthet hat, sagt er (p. 24): „Ich breche hier ab und ergreife ein aus dem dargestellten Charakter des Thiers sprießendes, die gesammte Thierwelt umfassendes Band von düsterer Farbe, d. i. das Leiden. Wenn man von der Seite an die Thierwelt herantritt, von der wir so eben ankommen, so kann von der Positivität des Leidens in dem Loose der Thierwelt kein Zweifel sein; es ist klar und natürlich, daß aus dem nachgewiesenen nothwendigen und unveräußerlichen aggressiven Charakter des Thiers wesentlich nur Leiden resultiren könne. Ich glaube hierin einen stringenten sachlichen Beweis für die Wahrheit einer Anschauung zu liefern, welche man gemeinhin, wenn auch im grellsten Widerspruche mit dem innersten Wesen der verbreitetsten, liebreichsten Religionen, mit dem Thema der tiefsten Conceptionen der Dichter und Philosophen, unter der grünblichsten Verkennung ihrer idealistischen Grundlage perhorrescirt, welche man ungeachtet der bindenden, bethätigenden, heilenden Natur des Leidens für die Ausgeburt eines siech gewordenen resignirenden Gemüths ausgiebt, und sich dabei in Deutschland mit Recht an eine an diesfälliger Verirrung reiche literarische Epoche beruft.

Ich kann in eine das eben Gesagte in Detail nachweisende Erörterung hier nicht eingehen und beschränke mich darauf, die wichtigsten Orientirungspunkte auf diesem Gebiete, auf welchem sich der Naturkundige, der Menschenfreund und der Gesetzgeber so vielfach begegnen, hervorzuheben.

Man kann zu unserem Behufe von den Leiden absehen, welche daraus hervorgehen, daß die Befriedigung der in der gemeinsamen Abhängigkeit der Thierwelt von der Natur wurzelnden Bedürfnisse durch Naturereignisse vereitelt wird, denn die ohne Vergleich zahlreicheren und zugleich empfindlichsten und nachhaltigsten Leiden sind die, welche sich die Thierwelt selbst bereitet: Zuerst der Raub und Mord in der Thierwelt in seinen vielfältigen Gestalten, welche der civilisirte Mensch gegenüber dem Thiere verantworten mag, wenn er sich vor Grausamkeit hütet und dabei jene Thiere nachahmt, welche ihre Opfer in unfehlbarer Weise rasch zu tödten wissen, im Gegensatze zu jenen, welche ihre Opfer martern, welche aus Mordlust tödten, — dann die Leiden, die aus dem Kampfe um die Befriedigung der gemeinsamsten Bedürfnisse zwischen Thieren, zwischen Menschen und Thieren, endlich zwischen Menschen; zwischen diesen weiter um die Befriedigung besonderer zum Theile nach dem Stande der Civilisation wechselnder, künstlicher, selbst eingebildeter Bedürfnisse hervorgehen, die sich der Mensch auf dem Ringplatze im Streite um unsichere, problematische, degradirende Preise, auf der Jagd nach Phantomen holt, — dann die Leiden, die an ihm nagen, als Erschöpfung, als Reue und Neid, und selbst wieder neue und immer krankhaftere Wünsche wecken und nähren, — dann die Leiden des Verkanntseins edler Bestrebungen, — endlich als Zugabe für edle Naturen die Qualen des Mitleids mit dem Geschicke von Völkern und Staaten, Familien und Individuen; — es kann keine Frage sein für den Unbefangenen, daß die Leiden im Loose der Thierwelt, zumal der Menschenwelt, weit überwiegen über die Freuden."

Nun diese, auf naturwissenschaftlicher Basis beruhende, also auf inductivem Wege gewonnene Anschauung, dürfte doch mehr ins Gewicht fallen, als die deductive des Herrn Kitz, und der Pessimismus mehr Wahrheit für sich haben, als der Optimismus. Etwas Subjectives wird ersterem allerdings stets mit anhaften, oder deutlicher gesagt, die pessimistische Weltanschauung wird stets auf die Subjectivität dessen zurückzuzuführen sein, der sie hegt; doch nur insofern, als sich eine tiefere Betrachtungsweise von einer oberflächlicheren unterscheidet. Daß jene wiederum ihre physiologischen und psychologischen Ursachen haben wird, soll damit nicht geläugnet werden. Natürlich giebt es keine Wirkung ohne Ursache. Hören wir aber unsern medicinischen Führer weiter. Nach den vorausgeschickten Prämissen, meint er, liege es nahe zu glauben, daß „bei aller Veränderlichkeit der Form des Leidens und bei aller Veränderlichkeit seiner Vertheilung die Summe desselben überhaupt und jene seiner Intensitäten eine feststehende sei und daß hierüber ein unerbittliches Naturgesetz walte." Unser Verfasser bekennt sich also zur Quetelet-Buckle'schen Ansicht von der Moralstatistik, die in neuester Zeit immer mehr Anhang findet.

„Im Allgemeinen", fährt Rokitansky fort, „ließe sich in Betreff der aus der Aggression hervorgehenden Leiden sagen, daß die Summe derselben ein Aequivalent der vereitelten und der erlittenen Aggression sei, jedoch unter einer Voraussetzung hinsichtlich des Mitleids, jenes merkwürdigen Phänomens, vermöge dessen die individualisirte Erscheinung von dem Leiden der Anderen ergriffen wird und mitleidet, und dadurch das idiopathische Leiden mildert. Sollte dieses Mitleid dem Quantum gleich sein, um welches das idiopathische Leiden verringert wird, so würde das oben bemerkte Aequivalent richtig, es würde aber auch noch Folgendes begründet sein:

Neben der Gemeinsamkeit des Leidens im Thierreiche stellt sich dort, wo es zu einer klaren intellectuellen Auffassung der Größe des Leidens gekommen ist, also namentlich im Menschengeschlechte, in dem Mitleiden im Besondern eine Solidarität heraus, welche, auf metaphysischem Grunde beruhend, uns Alle durchdringt."

Diesen metaphysischen Grund der Solidarität in dem Mitleiden kennen wir aus Schopenhauer; Rokitansky's Deduction aber vertieft noch dessen Princip der Ethik, welches eben das Mitleid ist, und zeigt, daß „die pessimistische Richtung, welche, wie Kitz meint", Schopenhauer seiner Ethik rein willkürlich zugewiesen haben soll, gerade ganz unzertrennlich mit ihr verbunden und ihre wahre Grundlage sei.

Johann Czermak.

Frauenstädt beklagte sich in seiner Vorrede zur 3ten Auflage der Schopenhauer'schen Schrift, daß dessen Farbentheorie noch gar keine Berücksichtigung und Würdigung von fachmännischer Seite erfahren habe. Dies hat den berühmten Physiologen, Professor J. Czermak in Leipzig, veranlaßt, in einer der kaiserl. Akademie der Wissenschaften, am 7. Juli 1870, vorgelegten Abhandlung: „Ueber Schopenhauer's Theorie der Farbe, ein Beitrag zur Geschichte der Farbenlehre", der von ihm als berechtigt anerkannten Klage ein Ende zu machen und „die Acten" über diesen Gegenstand, wie Schopenhauer prophezeit hat, daß es kommen werde,[1] „zu revidiren."

Den Grund, weshalb Schopenhauer's Farbenlehre bisher von Fachmännern ignorirt worden, glaubt Czermak darin zu finden, daß Schopenhauer von der ihm eigenthümlichen und wirklich bedeutenden physiologischen Theorie der Farbe ausgehend, doch schließlich nicht nur die Goethe'sche Erklärung der physischen Farben adoptirte, und — abgesehen von einigen Dilettanten und Malern — ganz allein die Fahne der Goethe'schen Farbenlehre unerschütterlich hoch emporhielt, sondern auch den Furor Antinewtonicus in der krassesten Weise in seinen Schriften walten ließ."

Im Verlaufe der Untersuchung nun scheidet Czermak, der Schopenhauer den „gewaltigsten Denker seit Kant" nennt, das, was irrig an dessen Farbenlehre, von dem, was brauchbar und originell an ihr ist,

---
[1] Siehe oben S. 19.

aus, läßt dabei Newton volle Gerechtigkeit widerfahren und sagt dann von der Schopenhauer'schen Farbentheorie sie sei eine eminent physiologische, die unverkennbar, mit unseren heutigen, in ihrem Detail und ihrer Exactheit allerdings ungleich höher entwickelten Anschauungen hinsichtlich gewisser Hauptzüge und deren allgemeinster Formulirung, in **wahrhaft wunderbarer Weise übereinstimmt**, was um so erstaunenswerther und unerwarteter erscheinen muß, als ihr Autor niemals aus der unzurechnungsfähigen, absoluten Opposition gegen den Newtonismus und gegen die exacte naturwissenschaftliche Methode überhaupt herausgekommen war, und nur ein höchst dürftiges und beschränktes empirisches Material — die Nachbilder — noch dazu ganz einseitig bearbeitet hatte. „Und wenn auch Young's wirklich epochemachende Hypothese, fährt er fort, „welche die moderne Farbenlehre ausschließlich begründet hat, schon vierzehn Jahre vor dem Erscheinen der Schopenhauer'schen Theorie gedruckt zu lesen war, so bleibt es doch Schopenhauer's Verdienst, in der Farbenlehre einen **ganz neuen und an sich richtigen Weg eingeschlagen und durch seine physiologische Theorie die allgemeinste und wesentlichste Grundlage** jeder wahren Farbenlehre aufgefunden zu haben — und deßhalb muß Schopenhauers Theorie, obschon sie erst nach der Young'schen erschien und niemals eine Bedeutung und Wirksamkeit erlangte, mindestens als eine sozusagen **philosophische Anticipation** unserer heutigen Anschauungen betrachtet werden. Dieses Verdienst wird ihm unzweifelhaft einen bleibenden Ehrenplatz in jeder vollständigen Geschichte der Farbenlehre sichern."

Johann Karl Becker.

Auch dieser junge Gelehrte, Sohn des obenerwähnten Freundes Arthur Schopenhauers, des Bezirksgerichts-Raths Becker in Mainz, hat sich mit der Farbenlehre beschäftigt und in Poggendorf's Annalen, Ergänzungsband V, p. 305 eine „Zur Lehre von den subjectiven Farben-Erscheinungen" betitelte Abhandlung veröffentlicht, auf die ich nicht umhin kann, aufmerksam zu machen. Er knüpft zunächst an die von Helmholtz in seinem Handbuche der physiologischen Optik angegebenen Versuche an, und sagt, (p. 307): „Wer sich über den eigentlichen Vorgang beim Sehen, und namentlich über die Verschiedenheit der dabei thätigen Geisteskraft, des Verstandes, von dem Vermögen der Begriffe, der Vernunft, so unterrichten will, daß ihm kein Zweifel und keine Unklarheiten mehr übrig bleiben, den verweise ich auf Arthur Schopenhauer, der diesen Gegenstand ganz auf derselben Basis und fast mit denselben Ergebnissen wie Helmholtz, nur schärfer und philosophisch durchdachter, wenn auch lange nicht so sehr durch die Ergebnisse experimenteller Forschung unterstützt, bereits 1816 in seinem Schriftchen über das Sehen und die Farben, und noch ausführlicher in der zweiten Auflage seines klassischen Werkes über die vierfache Wurzel des Satzes vom zureichenden Grunde behandelt hat. Ich halte diesen Hinweis um so mehr am Platze und für eine Pflicht gegen den großen

Denker, als man in dem Helmholtz'schen Werke vergeblich den Namen Schopenhauer's sucht und man leicht geneigt sein dürfte, das größte seiner Verdienste einem Anderen zuzuschreiben. Denn die anderen Grundgedanken seiner merkwürdigen Philosophie hat, wie so eben v. Hartmann nachgewiesen, bereits alle vor ihm der von ihm so gering geschätzte Schelling ausgesprochen. Ich will damit ebensowenig den anerkannt größten Physiologen unserer Zeit eines Plagiats gegen Schopenhauer beschuldigen, als ich zugeben kann, daß Schopenhauer seine Grundgedanken von Schelling entlehnt habe.[1]) Aber merkwürdig, sehr merkwürdig bleibt es immerhin, wie zwei auf so ganz verschiedenen Standpunkten stehende Forscher, ohne von einander zu wissen, da wo sie denselben Gegenstand bearbeiten, fast bis in's kleinste Detail zusammentreffen."

Ueber die Versuche, welche der Verfasser angestellt und die Gesetze, die sich ihm dabei ergeben haben, muß ich auf die Abhandlung selbst verweisen; bemerkt sei hier nur, daß die Resultate der ersteren die Richtigkeit der Schopenhauer'schen bestätigt haben. Von demselben Verfasser, jetzt Lehrer der Mathematik am Gymnasium zu Schaffhausen, ist eine selbstständige Schrift: „Abhandlungen aus dem Grenzgebiete der Mathematik und Philosophie" (Zürich, Fr. Schultheiß 1870) erschienen, welche es sich zur Aufgabe gestellt, gegenüber neueren Bestrebungen einer gewissen Klasse Mathematiker, eine „mathematische Naturwissenschaft," welche jedoch vielmehr „speculative Mathematik genannt werden sollte," und deren Ziel es ist, „möglichst wenige Principien zu entdecken, aus denen die empirisch gegebenen Thatsachen mit mathematischer Nothwendigkeit emporsteigen," zu begründen „auf die tiefen Untersuchungen der größten Denker unserer Nation, Kant und Schopenhauer, über die Quellen und Grenzen aller unserer Erkenntniß aufmerksam zu machen." Ich darf wohl bei dieser Gelegenheit erwähnen, daß in meiner Schrift: „Der religiöse Glaube" dieselben Ansichten vertreten sind. Die Becker's, als eines Mathematikers von Fach, sei übrigens hiermit Mathematikern und Philosophen empfohlen.

---

[1]) Vrgl. hierüber oben p. 6.

Richard Wagner.

In seiner Schrift „Beethoven" (Leipzig, E. W. Fritsch 1870) ergeht sich der berühmte Componist in Betrachtungen über das Wesen der Musik und huldigt dabei der Ansicht Schopenhauers. Da diese in der Beilage A von mir selbst ausführlich dargestellt wird, so bedarf es hier keines näheren Eingehens darauf. Nur einiges sei mir gestattet, aus Wagner's Schrift mitzutheilen.

„Goethe und Schiller," sagt der Verfasser, „begegnen sich beide in der Ahnung vom Wesen der Musik;" mit philosophischer Klarheit habe aber erst Schopenhauer die Stellung der Musik zu den anderen schönen Künsten erkannt und bezeichnet, indem er ihr eine von derjenigen der bildenden und dichtenden Kunst ganz verschiedene Natur zuspricht.

Nachdem der Verfasser auf die zwei Seiten unseres Bewußtseins hingewiesen und die musikalische Conception als der entspringend hinstellt, welche Schopenhauer als dem Innern zugekehrt bezeichnet, fügt er hinzu: „Ist dieses Bewußtsein aber das Bewußtsein des eigenen Selbst, also des Willens, so muß angenommen werden, daß die Niederhaltung desselben wohl für diese Reinheit des nach außen gewendeten Bewußtseins unerläßlich ist, daß aber das diesem anschauenden Erkennen unerfaßliche Wesen des Dinges an sich nur diesem nach innen gewendeten Bewußtsein ermöglicht sein werde, wenn dieses zu der Fähigkeit gelangte nach innen so hell zu sehen, als jenes im anschauenden Erkennen beim Erfassen der Ideen es nach außen vermag."

„Auch für das Weitergehen auf diesem Wege," sagt er dann, „giebt uns Schopenhauer die rechte Führung durch seine hiermit verbundene tiefsinnige Hypothese in Betreff des physiologischen Phänomen des Hellsehens und seiner hierauf begründeten Traumtheorie. Gelangt in jenem Phänomen wirklich das nach innen gekehrte Bewußtsein zur wirklichen Hellsichtigkeit, d. h. zu dem Vermögen des Sehens dort, wo unser wachendes, dem Tage zugekehrtes Bewußtsein nur den mächtigen Grund unserer Willensaffecte dunkel empfindet, so dringt aus dieser Nacht aber auch der Ton in die wirklich wahre Wahrnehmung, als unmittelbare Aeußerung des Willens." Neben der, im Wachen wie im Traume als sichtbar sich darstellenden Welt sei nun, meint Wagner, eine zweite, nur durch das Gehör wahrnehmbare, durch den Schall sich kundgebende Welt, also recht eigentlich eine Schallwelt neben der Lichtwelt, für unser Bewußtsein vorhanden, von welchen wir sagen können, sie verhalte sich zu dieser wie der Traum zum Wachen: sie sei uns nämlich ganz so deutlich wie jene, wenngleich wir sie als gänzlich verschieden von ihr erkennen müssen. Wie die anschauliche Welt des Traumes doch nur durch eine besondere Thätigkeit des Gehirns sich bilden könne, so trete auch die Musik nur durch eine ähnliche Gehirnthätigkeit in unser Bewußtsein." Doch ich breche hier ab und verweise den Leser, der nicht schon mit der betreffenden Schrift Wagners bekannt ist, auf diese selbst; denn auf sie die Aufmerksamkeit der Anhänger und Freunde Schopenhauers zu lenken, ist der Zweck dieser fragmentarischen Excerpte. Der Gegenstand selbst ist ja ausführlich genug in meinen obigen Abhandlungen dargestellt.

Eduard von Hartmann.

Dieser durch seine „Philosophie des Unbewußten" verdientermaßen so schnell zur Berühmtheit gelangte Philosoph hat sowohl in diesem Werke selbst, wie auch noch in mehreren anderen theils selbstständigen kleineren Schriften, theils in Zeitschriften veröffentlichten Abhandlungen so viele und bedeutende Beiträge zur Schopenhauer'schen Philosophie geliefert, daß ich mindestens die Titel derselben hier anzuführen nicht unterlassen kann. Sie sind außer dem oben genannten Hauptwerke die folgenden:

I. **Selbstständige Schriften**: Schelling'sche Philosophie als Einheit von Hegel und Schopenhauer. (Berlin, Otto Loewenstein 1869), und insofern Schopenhauer's Lehre auf der Kant's basirt ist und von ihr ausgeht, gehört hierher auch von Hartmann's neueste Schrift: „Das Ding an sich und seine Beschaffenheit. Kantische Studien zur Erkenntnißtheorie und Metaphysik." (Berlin, Carl Duncker 1871).

II. Aufsätze in „Philosophische Monatshefte, herausgegeben von J. Bergmann." 2. Band, 6. Heft (März) Berlin, Nicolai'sche Verlagsbuchhandlung: „Ueber die nothwendige Umbildung der Schopenhauer'schen Philosophie aus ihrem Grundprincip heraus,"¹) (p. 457—469), und insofern Dr. Julius Bahnsen

---

¹) Derselbe ist auch in die so eben bei Carl Duncker in Berlin erschienenen „Gesammelte Philosophische Abhandlungen zur Philosophie des Unbewußten. Von E. von Hartmann" aufgenommen. Wir zweifeln nicht, daß diese neu veranstaltete Ausgabe seiner zerstreuten Abhandlungen den zahlreichen Freunden des Verfassers sehr willkommen sein werde. Daß diejenigen, welche sie noch nicht gelesen haben, mannigfache Belehrung aus ihnen schöpfen werden, bedarf wohl kaum der Erwähnung.

Anhänger Schopenhauer's ist, und deſſen Lehre in ſeinen Werken verwerthet hat, ſei hier auch die Recenſion deſſelben von E. v. Hartmann in denſelben Heften, (Band IV. Heft 5), von denen mir ein Abzug vorliegt, erwähnt.

Die Titel der darin beſprochenen Schriften lauten:

Beiträge zur Charakterologie. Mit beſonderer Berückſichtigung pädagogiſcher Fragen. Von Dr. Julius Bahnſen. Leipzig, Brockhaus 1867. 2 Bde. und

Zum Verhältniß zwiſchen Wille und Motiv. Eine metaphyſiſche Vorunterſuchung zur Charakterologie. Von Dr. Julius Bahnſen. Stolp und Bromberg bei Eſchenhagen 1870.

Druckfehler und Auslassungen des Setzers.

S. 2 Anmerkung 1 lies: 1864, statt 1684.
S. 15 zur Anmerkung 1 fehlt: „Siehe Beilage B."
S. 17 Zeile 14 von oben nach stehen³).
„ Zeile 15 von oben nach Z.⁴)
„ Zeile 21 statt ihre lies: Ihre.
S. 24 Schluß des 14. Briefes lies: Nov. 4., statt Nov. 4).
S. 32 Anmerkung 4 Zeile 2 lies: through, statt trough.
S. 71 in der Ueberschrift fehlt vor „kaufm. Verein" „hiesigen."

---

[3] Es war eine von J. unterzeichnete, an Bähr's Buch anknüpfende, Lebensskizze Schopenhauer's.
[4] Vgl. den vorigen Brief.

In meinem Verlage erschien·

Dr. Eduard von Hartmann,
Philosophie des Unbewussten.
Dritte, beträchtlich vermehrte Auflage.
geh. gr. 8. 51 Bogen. Preis 3 Thlr. 10 Sgr.

Inhaltsverzeichniss. — Einleitendes: 1) Allgemeine Vorbemerkungen. 2) Wie kommen wir zur Annahme von Zwecken in der Natur? — **A) Die Erscheinung des Unbewussten in der Leiblichkeit:** 1) Der unbewusste Wille in den selbstständigen Rückenmarks- und Ganglienfunctionen. 2) Die unbewusste Vorstellung bei Ausführung der willkürlichen Bewegung. 3) Die unbewusste Vorstellung im Instinct. 4) Die Verbindung von Wille und Vorstellung. 5) Das Unbewusste in den Reflexbewegungen. 6) Das Unbewusste in der Naturheilkraft. 7) Der indirecte Einfluss bewusster Seelenthätigkeit auf organische Functionen. 8) Das Unbewusste im organischen Bilden. — **B) Das Unbewusste im Geiste:** 1) Der Instinct im menschlichen Geiste. 2) Das Unbewusste in der geschlechtlichen Liebe. 3) Das Unbewusste im Gefühle. 4) Das Unbewusste in Character und Sittlichkeit. 5) Das Unbewusste im ästhetischen Urtheile und in der künstlerischen Production. 6) Das Unbewusste in der Entstehung der Sprache. 7) Das Unbewusste im Denken. 8) Das Unbewusste in der Entstehung der sinnlichen Wahrnehmung. 9) Das Unbewusste in der Mystik. 10) Das Unbewusste in der Geschichte. 11) Das Unbewusste und das Bewusstsein in ihrem Werthe für das menschliche Leben. — **C) Metaphysik des Unbewussten:** 1) Die Unterschiede von bewusster und unbewusster Geistesthätigkeit und die Einheit von Wille und Vorstellung im Unbewussten. 2) Gehirn und Ganglien als Bedingung des thierischen Bewusstseins. 3) Die Entstehung des Bewusstseins. 4) Das Unbewusste und das Bewusstsein im Pflanzenreiche. 5) Die Materie als Wille und Vorstellung (Atomistischer Dynamismus). 6) Der Begriff der Individualität. 7) Die All-Einheit des Unbewussten. 8) Das Wesen der Zeugung vom Standpuncte der All-Einheit des Unbewussten. 9) Die aufsteigende Entwickelung des organischen Lebens auf der Erde (Darwin). 10) Die Individuation. 11) Die Allweisheit des Unbewussten und die Bestmöglichkeit der Welt. 12) Die Unvernunft des Wollens und das Elend des Daseins. 13) Das Ziel des Weltprocesses und die Bedeutung des Bewusstseins (Uebergang zur practischen Philosophie). 14) Die letzten Principien.

Hartmann's Werk erschien zuerst im Jahre 1869; die zweite Auflage folgte bereits 1870, und trotz des Krieges war auch diese in 12 Monaten vergriffen. Die Beachtung, welche das Publicum diesem Werke geschenkt hat, war für den Autor Motiv zu einer erneuten gründlichen Durcharbeitung, in Folge deren die neue Auflage wiederum über vier Bogen stärker geworden ist. Die Verlagshandlung ihrerseits hat ungeachtet dieses erweiterten Umfangs und abermals verbesserter Ausstattung den Preis nicht erhöht und um das Werk weiteren Kreisen leichter zugänglich zu machen, zugleich eine in 10 Lieferungen erscheinende Ausgabe veranstaltet, welche in etwa drei wöchentlichen Zwischenräumen zu einem Preise von je 10 Sgr. zur Versendung gelangen. Die inzwischen erschienenen Kritiken namhafter Beurtheiler veranlassten zu der nachstehenden erneuten Zusammenstellung.

Carl Duncker's Verlag (C. Heymons) in Berlin,
Französische Str. 20a.

I. Urtheile namhafter Schriftsteller und Gelehrten.

Dr. Max Schasler sagt in seiner „Deutschen Kunstzeitung (die Dioskuren)" 1871, Nr. 34: „Selten wohl — namentlich in neuerer Zeit — hat ein wissenschaftliches Werk eine **so tiefe und nachhaltige Wirkung auf die Gebildeten der Nation** hervorgebracht, als das oben verzeichnete; in der kurzen Frist von wenigen Monaten ist bereits eine zweite Auflage nöthig geworden und jetzt wird bereits, wie wir hören, eine dritte vorbereitet. Der Grund davon ist unsrer Ansicht hauptsächlich in zwei Momenten zu suchen, welche dem ebenso bedeutenden wie interessanten Werk **diese aussergewöhnliche Popularität** im besten Sinne des Worts verschafft haben und für alle Zeit sichern werden: die Natur des Gegenstandes und die bei aller wissenschaftlichen Strenge ausserordentliche **Verständlichkeit** und die **geschmackvolle Form** der Darstellung. Was den Gegenstand betrifft, so kann es überhaupt keinen anderweitigen geben, der den Leser — und zwar ohne Unterschied der Bildung und socialen Stellung — in seinem tiefsten Innern so zu ergreifen und zu fesseln im Stande wäre, wie der in Rede stehende: denn es ist das Räthsel der Existenz selbst, die Frage nach dem Warum der Weltschöpfung und Weltentwicklung, in dessen geheimnissvollen Organismus auch das Leben jedes Einzelnen, von den ersten Producten der zeugenden Naturkraft bis zu der höchsten Entwicklungsstufe ihres schöpferischen Geistes, dem menschlichen Bewusstsein, hinauf seine Bestimmung findet. — Man sieht, dass gleichsam für jeden Standpunkt und jede Weltansicht in dem Buche gesorgt ist. Was uns persönlich betrifft, so gestehen wir, dass alle drei Abschnitte für uns von gleich fesselndem Interesse gewesen sind, in dem Grade, dass wir, unfähig zu irgend einer andern Beschäftigung, fast ununterbrochen das Ganze bis zu Ende durchflogen haben, ehe wir im Stande waren, es mit Ruhe zu studiren."

Hieronymus Lorm sagt in der „Neuen freien Presse" 1870, Nr. 1936: „Ein solch' unvergängliches Denkmal ist die Philosophie des Unbewussten, die, alle Resultate bisheriger Forschung umfassend und benutzend, nach allgemein verständlicher inductiver Methode vorgehend, auf naturwissenschaftlicher Grundlage aufgebaut, nicht nur eine der tiefsinnigsten, sondern auch der elegantesten und unterhaltendsten Schöpfungen des menschlichen Geistes ist, welche die allgemeine Anerkennung bereits zu dem Range einer **Pflichtlectüre der Gebildeten** erhoben hat."

Dr. Julius Bahnsen sagt in der „Nationalzeitung" 1871, Nr. 359 und 361: „Aber wer nichts andres sein will, als der Summenzieher aus allen Factoren der Vergangenheit und Gegenwart, als der bewusste Verkündiger des unbewussten Inhalts der Weltperiode, in welche er sich hineingestellt findet, der wird ja auch nicht seinem eignen besseren Selbst ungetreu, wenn er als moderner Philosoph par excellence den leisen Beigeschmack des Vergänglichen in diesem Prädicate empfindet und erkennt. Darum wird man doch mit einer nicht weniger schönen Neidlosigkeit sich darüber freuen können, dass es wieder einmal einem Liebling der Götter vergönnt war, jederlei Voreingenommenheiten sich fern zu halten und das eigne Urtheil unbefangen sich zu wahren, keinerlei Autorität sich zu beugen, in unbeschränktester Freiheit ungestörter Autodidaxie nur bei den grössten Lehrern der Menschheit in die Schule zu gehen, nichts von seiner geistigen Jugend im Zwang einer Kathederphilosophie zu verlieren, immer nur an den besten Quellen der Erkenntniss sich niederzusetzen, von einem wunderbar zuverlässigen Genius mit der nie fehlenden Sicherheit der höchsten Formen des Instinkts geleitet. Auf der anderen Seite ist die Fülle des Materials, die Hartmann zu seinen Inductionsschlüssen verwendet, in der That so gross, dass es zuweilen so aussieht, als würde das „speculative Resultat" vom Beweisdetail überschüttet; die Kenntniss der einschlagenden Specialbeobachtungen ist eine so ausgedehnte und so weit fortgeführte, dass Fachmänner es nicht verschmähen, sich an dieser encyclopädischen Zusammenstellung zu unterrichten.

In der That frappirt uns auch in dieser Specialbetrachtung zunächst wieder die alle Productionen Hartmann's characterisirende Einheit, zu welcher bei ihm eine **wahrhaft grandiose Nüchternheit**, die gehörigen Orts mit sichtlicher Geflissenheit auch stilistisch in einer gewissen der Trockenheit nahekommenden Abdämpfung der sonst belebteren Sprache sich ausprägt, und die **unbestechliche Vorurtheilslosigkeit** zusammengehen mit einer, die Tiefen der Controversen mit einem einzigen Lichtblick aufhellenden **Klarheit des „Schauens"**. Vermöge der **Evidenzkräftigkeit** seiner Argumentationen hat man aus **allem**, was Hartmann schreibt, den Eindruck, er gebe **die Philosophie des Selbstverständlichen."**

Johannes Scherr sagt in seinem neuesten Werk: „Dämonen", S. 13—14: „Hartmann's Buch ist, auch ganz abgesehen von dem **reichen Gedankengehalt** und dem **wissenschaftlichen Werthe** desselben schon darum von Bedeutung, weil der Verfasser als **einer der wenigen, sehr wenigen deutschen Schriftstel'er der Gegenwart** sich giebt, welche den **Muth haben, die Dinge mit ihren wirklichen Namen zu nennen und die Wahrheit ungeschminkt zu sagen."**

Dr. Carl Freiherr du Prel sagt „Im neuen Reich" 1871, Nr. 38: „In dieser Hinsicht" (auf den Inhalt) „aber steht das Urtheil der Kritik längst fest, und **selbst die Gegner Hartmann's geben zu, dass die Philosophie des Unbewussten eine unvergängliche Leistung ist, über welche die Philosophie zwar einmal hinwegkommen wird, indem sie sie in sich aufnimmt, an der sie aber nicht vorüber gehen kann.** In Bezug auf **Klarheit und Tiefe, deren Beisammensein das eigentliche Merkmal des Genius ist**, kommt ihm nicht leicht einer seiner Vorgänger gleich; er trägt seine Gedanken in so **fasslicher Weise** vor und seine Diction ist so **glänzend**, dass ihm nicht nur der Philosoph gerne folgt, sondern überhaupt **jeder Gebildete**, wenn er sich auch niemals mit Philosophie mit beschäftigte... Was aber wirklich zu bewundern ist, das ist die **Fülle der Gedanken**, der wir **auf jeder Seite** dieses Buches begegnen, und zu welcher wir wiederum selbst **angeregt** werden. Da finden sich nicht die Gedanken spärlich zerstreut — sondern wir finden sie in solcher Quantität und Qualität, dass es für unsre Anregung und Belehrung gar nicht darauf ankommt. ob wir uns im Ganzen vom Verf. überzeugen lassen wollen oder nicht, seine Anhänger oder Gegner werden wollen. Das aber findet sich in der Literatur **nur selten**, und in der Philosophie gar bezeichnen solche Erscheinungen gleichsam **die Etappen des Weltgeistes.**

Aber die grössten Gegner, welche dem **Materialismus erstanden, sind Schopenhauer und Hartmann.** Der erstere ist der mehr und mehr um sich greifenden materialistischen Betrachtungsweise, der Auffassung der Organismen als Mechanismen, dadurch entgegengetreten, dass er im organischen Bilden der Natur einen unbewussten **Willen als unentbehrliches Princip** nachwies. Bei Hartmann dagegen finden wir den ergänzenden Nachweis der Unentbehrlichkeit des **Vorstellungsprincipes.** Schopenhauer hat die für todt erklärte Natur, die beinahe nur mehr vom Instincte pantheistischer Dichter in ihrer Würde aufrecht erhalten wurde, verlebendigt, Hartmann hat sie **vergeistigt."**

Dr. David Asher sagt in der wiss. Beilage der Augsburger „Allgemeinen Zeitung" 1869, Nr. 148: „Es ist gewiss nicht zu viel gesagt, wenn wir das Werk als eine der bedeutendsten Bereicherungen der Philosophie der Neuzeit bezeichnen und ihm eine bleibende Stätte in der Geschichte dieser Wissenschaft verheissen. Tüchtig geschult in der Mathematik und Logik, von **immenser Belesenheit** besonders auf dem Gebiete der Physiologie, und gründlich bewandert in der Geschichte der Philosophie, entfaltet der Verfasser neben der schärfsten Dialektik eine Beherrschung der Form, die seinen Werken eine **fast classische Vollendung** giebt, und den Leser zu fesseln versteht."

Rudolf Gottschall sagt in seinen „Portraits und Studien" Bd. II.: „Ein Philosoph des Unbewussten": „Das Werk nimmt durch den **Reichthum der Gedankenwelt**, den es erschliesst, durch die **oft neuen und originellen Gesichtspunkte**, durch die umfassende Aufnahme eines naturwissenschaftlichen Materials, durch die bei aller Tiefe doch populäre Fassung und Haltung einen so hervorragenden Rang unter den philosophischen Werken der Neuzeit ein, dass es auch für weiteste Leserkreise von hohem Interesse ist, um so mehr, als die Probleme, die es erforscht, der allgemeinsten Theilnahme nahe liegen. — Hartmann ist in der ganzen Betrachtungsart noch schärfer, sarkastischer, pessimistischer, so dass diese Capitel zu dem **Pikantesten gehören**, was über dies Thema (Liebe) in neuerer Zeit und vielleicht überhaupt geschrieben worden ist."

Alexander Jung sagt in der Königsberger „Hartung'schen Zeitung" 1870. Nr. 34: „Wer in der Philosophie ein neues Problem zu stellen, es neu, überraschend zu fassen vermag, Resultate auf dem Wege seiner Lösung gewinnt, welche bis dahin noch unbekannt waren, der ist ein Denker von Beruf, ein **Denker ersten Ranges**, und es wird uns mit seinem Werke eine neue Anschauung aufgehen. Als einen Mann der Art müssen wir den Verfasser obigen Buches bezeichnen. — Diese Partie des Werks . . . ist eine der **imposantesten** Schöpfungen, welche je Denker oder Dichter in die Erscheinung geworfen haben, **ein entzückender Abgrund von metaphysischem Tiefsinn, ein speculativ tragödisches Drama.**"

Moritz Carriere sagt in der „Süddeutschen Presse" 1869, Nr. 189: „Dies Buch hat durch Fülle von Geist und Kenntnissen seinen Verfasser mit einem Schlag in die Reihe der hervorragenden Schriftsteller emporgerückt. Sein Verdienst besteht zunächst darin, dass er zum Ausgangs- und Mittelpunkt einer Weltanschauung einen Gedanken macht, auf welchen die Forschung in ihren verschiedenen Gebieten bereits gekommen war, . . . nun werden die zerstreuten Entdeckungen vereint und zu einem Ganzen geordnet, nun wird der Versuch gemacht, die neue Idee zur Erklärung des Lebens überhaupt zu verwerthen und dadurch wird sie als ein nun nicht mehr zu übersehender Factor in die Wissenschaft eingeführt . . . Jene ersten Untersuchungen behalten ihre Giltigkeit und ihren Werth, auch wenn wir andere Consequenzen daraus gewinnen müssen . . . Die scharfe, klare Verständlichkeit, mit welcher Hartmann jenes Thatsächliche behandelt, giebt seinem Buch die grosse Anziehungskraft, die es bereits auf viele Leser bewährt."

Ernst Kapp sagt in dem in St. Louis erscheinenden „Journal of speculative philosophy", vol. IV, Nr. 1: „Alongside of the remarkable applause which the philosophy of the Unconscious has already won in public criticism, the autor may feel himself rewarded for the care pent upon a profound and elegant presentation of the subject, by the applause which has been **enthusiastically** accorded to him **in domestic circles by thoughtful women**, to whom a theory of the universe which morally refreshes the whole of society, and glorifies life is a desire and necessity."

Professor F. Michelis (in Braunsberg) sagt im „Theologischen Literaturblatt" (liberal-katholisch) 1870, Nr. 15: „Wenn man zugesteht, dass diese Schrift **erstens Ein wirkliches Endresultat der in ihrem Entwickelungsgange tief durchdachten modernen protestantischen Philosophie darstellt, dass sie zweitens die ganze Summe der Resultate der neueren Naturwissenschaft als ihren Grundstoff gründlich verwerthet**, zugleich aber keine andre wesentliche Seite der Wissenschaft ganz unberücksichtigt lässt, und dass sie **drittens auf diesen Elementen in der That eine neue, bis dahin noch nicht dagewesene Weltanschauung selbstständig aufbaut**: so ist damit zu ihrer allgemeinen Würdigung und zur Motivirung einer Recension in diesen Blättern genug geschehn."

A. W. Grube sagt in seinen „Studien und Kritiken für Pädagogen und Theologen" (Leipzig 1871), S. 203: „In dem reichen physiologischen und psychologischen Material, über welches er mit **weitschauendem Blick und in steter Schlagfertigkeit** verfügt; in der geschickten Benutzung philosophischer, namentlich Schelling'scher Aperçu's; in der Klarheit, mit welcher er die Probleme erfasst und solche zum Bewusstsein bringt; endlich in der **echt populären Darstellung**, mit welcher er seine Sache vorträgt, darin besteht der Werth seines höchst anregenden Werkes."

Dr. Max Schneidewin sagt im Programm des Gymnasiums zu Hameln 1871: „Die weitere Voraussetzung bei der Wahl des obigen Themas ist natürlich, dass das neue System des Herrn Dr. Eduard v. Hartmann nicht etwa nur geistreich und originell ist, welche Eigenschaften ihm in der That Niemand wird absprechen wollen, sondern auch eine neue unter den, so zu sagen, objectiv möglichen Lösungen des philosophischen Problems darstellt . . . Allein ich glaube auch, dass schon der Anfang einer Kenntnissnahme des Werkes des Herrn v. Hartmann genügt, um den Aufstellungen dieses Denkers den Character weitreichender wissenschaftlicher Hypothesen zuzuerkennen, welche das Forum der Kritik einer eingehenden Beachtung zu würdigen nicht unterlassen darf. — Es sollte mich ausserordentlich freuen, wenn dieser oder jener Leser durch die obigen Darstellungen sich zu einem eingehenden Studium der Phil. d. Unbew. veranlasst fühlen sollte, deren kritische Bewältigung meines Erachtens eine Hauptaufgabe der nächsten philosophischen Bestrebungen unserer Zeit sein muss."

Professor **Baumann** sagt in den „Göttingischen gelehrten Anzeigen" 1870, Stück 41—42: „Es giebt keine brennende Frage der Naturphilosophie und Metaphysik, welche der Verfasser nicht eingehend behandelt und für welche er nicht neue Lösungen vorschlägt; wie er selbst angiebt, glaubt er in seiner Ansicht Hegel's Idee und Schopenhauer's Wille mit Benutzung der Grundgedanken von Schelling's positiver Philosophie, soweit ihm dieselbe nicht durch theologische Velleitäten verderbt erscheint, und zwar in ganz selbstständiger Weise zu verbinden; dabei ist seine Darstellung die der gewöhnlichen gebildeten Sprache, er will. klare Begriffe, nicht dunkles Orakelisiren."

Professor Freiherr **von Reichlin-Meldegg** sagt in den „Heidelberger Jahrbüchern" 1870, Nr. 56: „So wenig man darum auch dem Princip und der auf dieses angewandten Methode des gelehrten Herrn Verfassers beistimmen kann, so liest man dennoch das anregend und in anziehendster Form geschriebene, scharfsinnig durchgeführte Buch mit vielem Interesse."

Eduard Munk sagt im „Magazin für die Literatur des Auslands" 1869, Nr. 7: „Das genannte Buch kleidet seinen Stoff in eine so anziehende Form, wir finden in ihm so viele neue Gesichtspunkte über Geist und Natur, so viele überraschende Lösungen der schwierigsten Fragen und wunderbarsten Räthsel des organischen Lebens in einer so klaren, allgemein verständlichen Darstellung, die sich zuweilen selbst bis zum **poetischen Schwunge** erhebt, dass die Lectüre einen wahren Genuss gewähren würde, wenn nicht das Endresultat ein so trauriges wäre: „Alles ist eitel.""

Martin Greif sagt im Nürnberger „Correspondenten" 1869, Nr. 154: „Seit Immanuel Kant . . . von dem „Ding an sich" . . . gesprochen, haben nun zwei Philosophen dieses „Ding an sich" in grossartiger systematischer Darlegung in sein geheimnissvolles Innere zu verfolgen gesucht, nämlich Arthur Schopenhauer in seinem Hauptwerke „Die Welt als Wille und Vorstellung" und E. von Hartmann in seiner „Philosophie des Unbewussten", . . . **welches epochemachende Buch unsere Jahreszahl zweifelsohne im Geschichtskalender der Philosophie bezeichnend machen wird,** . . . hiermit scheint uns der moderne Pantheismus seinem Gipfel zugeführt."

Dr. **Alexis Schmidt** sagt in der „Spenerschen Zeitung" 1869, Nr. 144: „Das philosophische Buch von E. v. Hartmann zeugt von einem sehr feinen und eindringenden Verständniss in den Kern und Geist aller bisherigen philosophischen Versuche . . . Wie gründlich der Verfasser orientirt ist in den Grundproblemen der Philosophie, zeigt sein letztes Capitel über „die letzten Principien". Wirklich bedeutend sind die beiden ersten unter den drei Hauptabtheilungen des Buches: 1) die Erscheinung des Unbewussten in der Leiblichkeit und 2) das Unbewusste im Geiste. In beiden Abschnitten setzt der Verfasser mit einer umfassenden Kenntniss und grossem Scharfsinn, der hier und da die Ergebnisse der Naturwissenschaft fortbildet, das absolut Zweckmässige in der organischen Natur und ihren Verrichtungen, das Zweckmässige in der geistigen Thätigkeit, z. B. in der Entstehung der Sprache u. s. w. auseinander."

Dr. **J. Bergmann** sagt in seinen „Philosophischen Monatsheften" Bd. III, Heft 4 u. 5: „Heute haben wir es mit einem ungleich interessanteren und, wie es scheint, auch einflussreicheren Werke zu thun . . . Während Herr von Kirchmann sich in seiner ganzen Weltansicht isolirt, knüpft Hr. von Hartmann mannigfache Beziehungen zu den speculativen Systemen an, ja er behauptet, nur die an die letzten grossen Systeme vertheilten Stücke des wahren Systems zusammenzufügen. Unzweifelhaft ist sein Sinn freier, reicht sein Blick tiefer als der v. Kirchmann's, und seine geistreich-pikante Weise, seine lebendige frische Darstellung ist weit geeigneter, Leser und Anhänger zu finden, als die Trockenheit jenes . . ."

Dr. Léon van der Kindere (Professor in Brüssel) sagt in der „Revue de Belgique" 1869, Nr. 3: „J'engage donc tous ceux qui veulent ne pas ignorer comment on envisage en Allemagne les grands problèmes de la métaphysique, à s'adresser au livre de M. Hartmann . . . à côté de la synthèse hypothétique, on y trouve l'analyse positive et celle-ci répond trop bien aux besoins de la recherche actuelle pour que tous ceux, qui marchent encore sur la voie un peu solitaire de Platon et de Kant, ne soient pas curieux d'aller lui demander des enseignements."

Dr. Hering sagt in der „Berliner Revue" Bd. 60, Heft 4: „Wenn ein philosophisches Werk in die Welt tritt, das sich als Grundlegung einer neuen Weltanschauung geberdet, so kann es in den Vertretern sämmtlicher bisheriger Standpunkte nichts Anderes finden als „Feinde ringsum". Wenn trotzdem ein solches Werk von allen Seiten theils widerwillige Anerkennung seiner Bedeutung, theils aber jubelnden Zuruf findet, wenn es in gleicher Weise das Interesse des Philosophen, des Naturforschers und des Laien, ja theilweise selbst des Damenpublicums zu fesseln versteht, und die kurze Laufbahn seit seinem Erscheinen sich wie ein Triumphzug gestaltet, so ist das eine so ungewöhnliche Erscheinung, dass sie wohl die Erwägung ihrer Ursache verdient."

Dr. Hippolyt Tauschinski sagt in der „Grazer Tagespost" 1870, Nr. 69 u. 70: „Hartmann's Buch erfreut sich bereits eines grossen Leserkreises und seine Beliebtheit wird sich noch vermehren. Selbst dort, wo er entschieden irrt, giebt er doch sehr fruchtbare Impulse des eigenen Nachdenkens, und ist daher so recht geeignet, die Neigung zu philosophischer Lectüre wieder anzufachen . . . Möge es ihm gegönnt sein, einer der glücklichen Bahnbrecher zu werden für ein erneutes und frisch auflebendes philosophisches Studium der ganzen deutschen Nation."

Dr. C. Krause sagt in der „Nationalzeitung" 1870, Nr. 133: „Die Philosophie des Unbewussten vereinigt die Anforderungen in sich, welche man an ein neu auftretendes philosophisches System stellen darf: es fasst die Resultate der bisher erreichten Standpunkte: Schelling, Hegel und Schopenhauer, zur organischen Einheit in sich zusammen und geht sogar über dieselben hinaus, indem es für seine Betrachtung einen durchaus originellen Standpunkt wählt, von welchem aus sich die bisherigen Errungenschaften des Geistes nicht blos befestigen, sondern auch vertiefen. Der Stil ist von durchsichtiger Klarheit und treffender Kürze, nicht selten glänzend, überall leicht verständlich und überzeugend."

Dr. W. von Fransecky sagt in den Münchner „Propyläen" 1869, Nr. 24: „Ein Werk, das bereits in den weitesten Kreisen Aufsehen und Bewunderung erregt. Mit lakonischer Kürze verbindet es die grösste Gemeinfasslichkeit, und sich jeder Polemik auf das Sorgfältigste enthaltend, hebt es mit liebenswürdiger Nachsicht nur die hervorragenden Momente grosser Männer hervor, ohne sich deren Schwächen und Irrthümer zu Nutze zu machen. Die Capitel sind in der grösseren Mehrzahl fast aphoristisch gehalten, und ihre Behandlung in Rücksicht auf das Lesen so eingerichtet, dass jedes derselben eine eigene kleine Abhandlung über einen begrenzten Stoff darstellt."

II. Urtheile von gelehrten und Fach-Zeitschriften und Literaturblättern.

Allg. medicinische Central-Zeitung, Nr. 47: „Nach inductiv-naturwissenschaftlicher Methode forschend, sucht er zu speculativen Resultaten zu gelangen, und er ist zu dem Behufe mit einer gediegenen Kenntniss nicht nur der philosophischen Systeme alter und neuer Zeit, sondern auch aller hier in Betracht kommenden Zweige der Naturwissenschaft und der Mathematik ausgerüstet. Bei alledem ist die Darstellungsweise allgemein verständlich, gefällig und anziehend; er hält sich streng an die Thatsachen, um aus ihnen seine Schlussfolgerungen zu ziehen, weicht jeder breiten polemischen Erörterung aus, und lässt alles die Sache nicht fördernde, den Laien abstossende gelehrte Beiwerk bei Seite. — Das Werk legt ein beredtes Zeugniss ab von dem redlichen und ergiebigen Fleisse H.'s auf den verschiedensten Gebieten menschlichen Wissens und ist geistvoll und zu selbstständigem Denken anregend selbst in seinen Irrthümern."

Protestantische Kirchenzeitung 1870, Nr. 6 (liberal): „Dass das vorliegende Werk als ein epochemachendes betrachtet werden darf, ist bereits mehrfach von competenter Seite ausgesprochen, auch zeugt dafür das Aufsehen, welches dasselbe in weiteren Kreisen erregt hat. Und in der That, es kann selbst dem flüchtigen Beurtheiler nicht entgehen, dass sich hier eine seltene logische Schärfe und Gewandtheit mit tiefer speculativer Anlage und einer ungewöhnlichen Beherrschung mannigfaltiger positiver Wissensgebiete vereint, während eine in der philosophischen Literatur bisher fast unerreichte Klarheit, Schönheit und Präcision der Darstellung den Leser fesselt und besticht. Die Auseinandersetzung ist oft so lichtvoll, dass man die einzelnen Gegenstände gleichsam in der hellsten Sonnenbeleuchtung vor sich zu sehen glaubt."

Theologischer Jahresbericht 1869, Heft 4: „Das System des Verfassers, aus dem monistischen Boden der neueren Philosophie hervorgewachsen, lässt sich als ein Versuch zur Vereinigung Schopenhauer'scher und Hegel'scher Anschauungen betrachten, oder zur Ausführung dessen, was Schelling als Aufgabe der positiven Philosophie hingestellt, während es sich als Vorzug vor seinen Vorgängern einer gründlichen empirischen Unterlage rühmen kann, von der es ausgehend und mit reicherem Detail der Ausführung bauend, seinen allgemeinen und speculativen Gehalt entwickelt."

Neue evangelische Kirchenzeitung 1871, Nr. 12 (unirt): „Die philosophische Windstille, welche seit geraumer Zeit über den Gebildeten Deutschlands liegt und nur zuweilen vermittelst der faulige Dünste des Schopenhauer'schen Pessimismus in eine ungesunde Bewegung umschlägt, ist seit Jahr und Tag durch das obige Buch unterbrochen, welches, frisch geschrieben und kühn gedacht, eine neue Weltanschauung aufzustellen und, was mehr ist, zu beweisen verspricht."

Allgemeiner literarischer Anzeiger 1869, S. 366 (lutherisch): „Manche feine Beobachtung, manche geistreiche Anschauung und Zeitbetrachtung, manches richtige Urtheil ist in dem Buche zu finden; einzelne Partien sind in ihrer Art meisterhaft; dem Rühmen der modernen politischen und socialen Weltbeglücker ist mit köstlichem Humor der Hals gebrochen, den Optimisten Weg und Pfad verrannt; auch zeugt das Werk von einer bedeutenden Speculationsgabe; aber unser Urtheil über das Ganze wird dadurch nicht modificirt; wir stehen auf zu verschiedenem Grunde."

Literarischer Handweiser 1870, Nr. 93 u. 94 (ultramontan): „Das Werk enthält in einer sehr klaren, allgemein verständlichen Darstellung einen Reichthum scharfsinniger Erörterungen, sowie eine Fülle von Material aus dem Gebiete der Naturkunde. Aber sowohl in Einzelheiten wie im Ganzen ist es verwerflich und ein trauriges Zeichen der Zeitströmung."

Zeitschrift für Philosophie u. philosoph. Kritik, Bd. 55, Heft 1: „Fichte hatte sein Ich, Schelling die Aufhebung des Sub- und Objects im Absoluten, Hegel die logische Idee, die Alles in Allem war, Herbart seine Realen, Schopenhauer den Willen. Soeben wird uns in dem vorliegenden Buche ein neues Wort zur Auflösung des Welträthsels geboten. Das Princip von Allem, von Leib und Geist, von Natur, Wissenschaft und Kunst, von allem politischen und socialen Leben, von aller und jeder Erscheinung in Raum und Zeit, ist das Unbewusste."

Literarisches Centralblatt 1869, Nr. 16: „Scharfsinn, Streben nach exacter Beweisführung, weitschauender speculativer Blick, umfassende Gelehrsamkeit und seinem Geistesverwandten Schopenhauer ebenbürtige,

pikante, anregende, hie und da an's Barocke streifende Darstellungsgabe
machen das Buch des hochbegabten Verfassers zu einer ebenso anziehenden
als auf dem gegenwärtig an originellen Kundgebungen armen Felde der Literatur
bedeutungsvollen Erscheinung."

Revue critique 1870, Nr. 2: „Chaque génération recommence avec des variantes
appropriés à ses goûts et à son esprit ce noble roman de la métaphysique. La
rédaction de M. de Hartmann n'est pas plus invraisemblable que les autres. Elle
n'est pas gaie; mais elle est ingénieuse et elle est claire. Schopenhauer et
son école ont ce grand avantage, que l'on comprend toujours ce qu'ils
ont voulu dire." (Y.)

Saturday review 1869, No. 707: „Dr. von Hartmann has prepared an
agreable surprise for readers repelled by the uninviting title of his work.
He is, in the main, a disciple of Schopenhauer, and has followed his master, not
merely in the nature of his philosophy, but in his clear and racy manner
of setting it forth. A great portion of his arguments and illustrations are
derived from physical science and the'mathematics, and the consequent im-
pression of firmness and reality is perfectly refreshing. The philosophy
thus ably expounded is itself a strange centaur.... He powerfully
exhibits the harmony, beauty and benevolence of existing arrangements, and yet
his pessimism surpasses Schopenhauer's."

Grenzboten 1870, Nr. 2: „Diese in der That überall hervorbrechende
Originalität macht die „Philosophie des Unbewussten" zu einer hervorragenden
Erscheinung. Hervorragend ist das Werk des Verf. auch in rein literarischer Beziehung; so klar und schön, so leicht und fasslich ist es geschrieben wie schwerlich ein anderes philosophisches Werk ... wir begrüssen es um so
freudiger, da es als kecker kühner Wurf in die philosophische Stagnation hineinfällt."

Blätter für literar. Unterhaltung 1869, Nr. 8: „Das Werk ... gehört jedenfalls zu den hervorragendsten Erscheinungen der neueren philosophischen Literatur; es ist das Erzeugniss eines originellen Denkers,
das die Phraseologie und die Schablone verschmäht, und ganz geeignet
ist, eine Brücke zu schlagen zwischen den Naturwissenschaften und der Philosophie.... Hartmann ist einer der bedeutendsten Denker der jüngsten
Zeit, scharf und schneidend, klar und präcis in der Fassung und Meister
einer dialektischen Entwickelung."

Blätter für literarische Unterhaltung 1871, Nr. 9: „Von E. v. Hartmann's
Philosophie des Unbewussten, einem Werke, dessen Bedeutung d. Bl. zuerst von
allen deutschen Journalen, und den philosophischen Fachblättern vorgreifend, anerkannt haben, ist bereits eine neue Auflage erschienen, was bei einer Schrift
von solcher schweren Wucht des geistigen Inhalts immerhin als ein
Ereigniss betrachtet werden kann. Die bei aller Tiefe anziehende und
durch zahlreiche Beispiele den Gedankengang erläuternde Darstellung hat jedenfalls solche Anziehungskraft auf weitere Kreise ausgeübt. — Wir zweifeln nicht,
dass die neue Auflage dieser aus dem Reiche gegebener Erfahrung zu den Höhen
der Metaphysik sich fortentwickelnden Philosophie in noch weiteren Kreisen
als die erste Anklang finden wird. Es liegt schon in der Aufnahme der ersten
eine schlagende Widerlegung der Anschuldigung, welche unser deutsches
Publicum der Gegenwart der Antheillosigkeit in philosophischen
Dingen zeiht."

Magazin für die Literatur des Auslands 1871, Nr. 36: „Hr. v. Hartmann
hätte sich unseres Erachtens seine Mühe sparen können" (etc. in Antikritiken sich
zu vertheidigen). „Ein Schriftsteller von seinem Werthe, der noch dazu
selbst von diesem so überzeugt ist, wie er — und mit Recht — sorgt am
besten für seinen Ruhm, — wenn er das kritische Geräusch ruhig an seinem
Ohr vorüberjehen lässt.

Deutsche Vierteljahrsschrift 1870, Heft 129: „Nicht diejenigen Bücher sind
die besten, die unser Wissen am meisten bereichern, sondern diejenigen, welche
uns am meisten zu denken geben. Zu den letzteren aber gehört es, und können
wir daher das Studium desselben angelegentlich empfehlen. — Für den
philosophischen Leser aber wollen wir noch beifügen, dass ein System, dessen
einzelne Theile, wie bei dem vorliegenden, cohäsiv mit einander verbunden, gleich-

sam organisch mit einander verwachsen sind, seinen Werth schon hierdurch anzeigt . . . sein Werk is: die Ausführung eines einzigen Princips nach allen Richtungen."

Westermann's Illustr. Monatshefte 1871, Juliheft: „Es ist das Verdienst Hartmann's, dass er all diese und viel, andre Thatsachen der Natur und Geschichte zusammengestellt und dadurch das Walten eines unbewusst Vernünftigen in allen Lebenssphären so energisch dargethan hat, dass dieser Begriff fortan nicht mehr umgangen werden kann. Der Reichthum des Wissens, der Scharfsinn der Auffassung, die anziehende Darstellungsweise haben auch seinem Buch einen seltenen Erfolg gewonnen. Und es ist in der That geeignet, über den Materialismus und die Nachbeterei Schopenhauer's, die gerade Mode sind, zur Betrachtung eines idealen Grundes aller Dinge, einer Alles durchwaltenden Vernunft hinzuleiten."

Unsere Zeit 1869, Heft 18: „Das Werk Hartmann's ist eine höchst bedeutende Erscheinung, reich an den geistvollsten Auseinandersetzungen und Entwickelungen, überaus anregend und ganz geeignet, das Interesse an der Philosophie neu zu erwecken in denjenigen Kreisen, die sich von ihren Bestrebungen wie von eitlen Hirngespinnsten abgewendet haben, indem Naturwissenschaft und Philosophie sich hier zu gegenseitigem Verständnisse die Hand reichen. Aus diesem Grunde besprachen wir hier so eingehend ein philosophisches Werk, das in vieler Hinsicht epochemachend ist."

Romanzeitung 1869, Nr. 30: „Wer jemals die Bitterkeit einer schweren Enttäuschung von den süssen Illusionen des Lebens empfunden und einen edleren Trost gesucht hat, als ein leichtsinniges Versenken in neue Täuschungen, der wende sich an dieses Werk, das mit schonungsloser Hand die illusorische Beschaffenheit alles menschlichen Strebens nach irdischer Glückseligkeit enthüllt, aber eben dadurch über die Bitterkeit der einzelnen Enttäuschung hinweg in jene höhere Sphäre hebt, wo die Selbstsucht in der Hingebung an das Wohl des Ganzen untergeht, in jener stillen pflichtbewussten Fröhlichkeit der opferwilligen Arbeit für das Ganze der Menschheit, welche ja auch der Prediger des „Alles ist eitel" als der Weisheit letzten Schluss hinstellt."

Oestr. Grtlb. 1869, Beilage zu Nr. 7: „Ein solches Werk, originell in jedem Betracht, gedanken-, ja ideenreich, fein, scharfsinnig in der Untersuchung, sauber in der Darstellung, von Seite zu Seite stärker spannend, voll überraschender Entdeckungen auf dem Gange seines inductiven Verfahrens, ist das vorliegende . . . Die Vertreter der Empirie wie der Speculation, für deren Versöhnung und gegenseitige Belehrung wie Förderung unser Buch schon allein eine That ist, werden hier ausserordentliche Befriedigung finden . . . Seine Methode ist frei von jeder Pedanterie, und erfreut uns da mit der Sprache reinster vielseitigster Bildung, wo wir in früherer Zeit mit den steifsten Schulformen uns oft herumplagen mussten . . . So wünschen wir einem Werke, dessen Verfasser sich durch Gesinnung, Seelenadel, Geist, Gelehrsamkeit und Sprache ausgezeichnet, Leser, die Alles das zu schätzen wissen, und dadurch selbst begeistert werden!"

Wissenschaftliche Beilage der Leipziger Zeitung 1869, Nr. 36: „Wir haben es hier also keineswegs mit einem in der Luft schwebenden System zu thun; es kommt nicht wie ein Komet einhergezogen, der sich nicht in's Ganze fügen lässt, sondern es lässt sich ihm seine bestimmte Stelle in der Geschichte der Philosophie anweisen . . . Wir sind zufrieden, wenn es uns gelungen sein sollte, ihn (den Kundigen), wie überhaupt alle unsere Leser, denen Sinn für ernstere, tiefere Studien innewohnt, zur Lectüre eines Werkes angeregt zu haben, das zu den originellsten und bedeutendsten der neueren Zeit gezählt werden darf, und nach vielen Richtungen hin fruchtbar zu werden verspricht."

Didaskalia (Beibl. d. Frankf. Journals) 1870, Nr. 154: „Wir müssen es uns versagen, näher auf den Inhalt dieses interessanten Buches einzugehen, wollen es aber hiermit angelegentlichst empfohlen haben. Man braucht nicht auf dem specifischen Standpunkte des Verf. zu stehn, noch sich von seinen Beweisführungen vollkommen überwunden zu geben, und dennoch kann man sich verpflichtet fühlen, dem Verf. für die mannigfaltige geistige Anregung, welche sein Werk bietet, für die neuen Ansichten, die er für seinen Gegenstand entwickelt, Dank und Anerkennung auszusprechen." (J. F.)

III. Urtheile der wichtigeren politischen Zeitungen.

Volkszeitung 1871, Nr. 181: „Wie man auch über die Richtigkeit und Tragweite der Hartmann'schen Philosophie denken möge, dreierlei wird man ihm unbedenklich zuerkennen müssen: erstens eine **geniale Originalität**, die ihn ebenbürtig an die Seite der grössten Philosophen aller Zeiten stellt, zweitens die Thatsache, dass er der bewusste Summenzieher derjenigen Systeme ist, in welchen die bisherige Entwickelung der Geschichte der Philosophie gipfelte, drittens den Titel eines modernen Philosophen im besten und edelsten Sinne des Worts, der erfüllt und getragen ist von modernem Geiste. — Nur das wollen wir noch anführen, dass die formelle Behandlung der Darstellung die Aufgabe löst, die edelste Popularität mit wissenschaftlicher Tiefe, die gemeinverständlichste Klarheit mit Kürze und Präcision, und nüchterne rationelle Gründlichkeit mit einer schwungvollen, von Geist sprühenden, stellenweise **klassisch vollendeten** Diction zu vereinigen." (—k.)

Sonntags-Beilage der Norddeutschen Allg. Ztg. 1871, Nr. 13: „Die staunenswerthe Beherrschung des gewaltigen empirischen Materials dieser verschiedenen Wissensgebiete, auf denen allen E. v. Hartmann sich mit gleicher Sicherheit bewegt, geben seinem Buche einen Vorzug vor allen bisherigen Leistungen von Philosophen, Aristoteles und Leibniz für ihre Zeit natürlich ausgenommen, und machen seine Philosophie durch Befolgung der inductiven Methode der modernen Realwissenschaften zu einer ganz specifisch modernen Erscheinung, welche durch die Anbahnung einer Versöhnung der in den letzten vier Jahrzehnten weit auseinandergegangenen philosophischen und naturwissenschaftlichen Disciplinen für beide Richtungen einen Wendepunkt bezeichnen dürfte." (—i—)

Norddeutsche Allgemeine Zeitung 1869, Nr. 272: „Unter diesem anspruchslosen Titel tritt uns ein Werk von nicht zu verkennender Bedeutung und von hohem Interesse nicht nur für den Gelehrten, sondern für jeden gebildeten Geist entgegen . . . und zwar in geistvoller, gebildeter, aber durchaus nicht trocken schulgemässer Sprache, so dass sich der Kreis Derer, die das Werk lesen, oder besser studiren, aus allen Gebildeten zusammensetzen kann."

Die Post 1870, Nr. 215: „Gegen diese Gleichgiltigkeit, auf welche seit einer längeren Reihe von Jahren philosophische Arbeiten beim Publicum stossen, bildet die Einstimmigkeit, mit welcher das vorliegende Werk als eine bedeutende philosophische Arbeit und zugleich als ein **Kunstwerk** der Darstellung und als eine Bereicherung der deutschen Literatur begrüsst worden ist, einen interessanten Contrast. — Endlich ist vom Publicum die Methode des Verfassers, nach welcher derselbe die reichen Schätze und Hilfsmittel der Naturwissenschaften benutzt, um nach inductiv-naturwissenschaftlicher Methode zu seiner Erklärung des gesammten Weltprocesses zu gelangen, mit allgemeinem und begeistertem Beifall aufgenommen worden. Wir unsererseits schliessen uns der Theilnahme, welche das Werk des Verfassers gefunden hat, bereitwillig an, und wünschen demselben einen dauernden Erfolg." (R. T.)

Kölnische Zeitung 1869, Nr. 82: „E. v. Hartmann findet das, was den Kern aller grossen Philosophen gebildet hat, im Princip des Unbewussten, dessen Erscheinung er sowohl in der Leiblichkeit wie im Geiste nachweist. Seine Beweisführung ist um so schlagender, als sie grossentheils auf der realen Grundlage sich bewegt, aus welcher auch die neue Lehre von der aufsteigenden Entwickelung des organischen Lebens hervorgegangen ist."

Kölnische Zeitung 1871, Nr. 117: „Seit Eduard v. Hartmann sein berühmtes Buch über das Unbewusste veröffentlicht hat, entdeckt auf einmal alle

Welt Unbewusstes. Sprach- und Staatsbildung, Religions-, Kunst- und Wissenschafts-Anfänge, treten mehr als je in ihren ursprünglichen Zusammenhang mit dem Unbewussten. Für diejenigen, welche diesem grossen Unbekannten noch nicht näher getreten sind, bemerken wir, dass die neue Ausgabe der Philosophie des Unbewussten durch eine Reihe von Zusätzen vermehrt und mit einem ausführlichen Register ausgestattet ist, welches das Studium und den Gebrauch des Werkes nicht unwesentlich erleichtert."

Dresdner Journal 1870, Nr. 274: „Wenn ein umfangreiches philosophisches Werk — zu einer Zeit, wo man überhaupt aller philosophischen Speculation abhold ist — in dem kurzen Zeitraum von etwa 1½ Jahren eine zweite Auflage erlebt, so muss dessen Inhalt **etwas ganz Ausserordentliches**, Bedeutendes bieten, und das ist auch wirklich von der in zweiter vermehrter Auflage erschienenen „Philosophie des Unbewussten von E. v. Hartmann Dr. phil." zu rühmen. So rasch hat sich wohl in der gesammten Geschichte der deutschen Philosophie noch kein Werk Bahn gebrochen, und wenige dürften sofort eine so günstige Beurtheilung erfahren haben. Sprechen auch beide Umstände nicht immer für die Gediegenheit eines Werkes, ja sind sie leider nur zu oft ein Beweis vom Gegentheil, so macht doch der vorliegende Fall eine glänzende Ausnahme."

Schlesische Zeitung 1870, Nr. 127: „Er thut diess . . . . mit solcher Sicherheit, sprachlicher und dialektischer Virtuosität, solchem Eingehen in die Detailfragen, so grossartigen Gesichtspunkten für das Verständniss des allgemeinen Weltlebens, dass wir **aus der gesammten modernen Literatur** kein Werk zu nennen wüssten, welches leichter, sicherer und **müheloser** bei stufenmässigem Fortschreiten die verwickeltsten Probleme der Physiologie und Psychologie zur Darstellung und häufig wahrhaft überraschenden glänzenden Lösungen brächte."

Breslauer Zeitung 1870, Nr. 167: „Es ist sehr schwer, von dem Geiste des Hartmann'schen Werkes einen annähernden Begriff zu geben, weil es nicht systematisch in dem banalen Sinne des Wortes ist. Die Bemerkungen fallen eben gerade an der Stelle, wo ein naturwissenschaftliches Factum, das analysirt wird, dazu auffordert, und stehen nie für sich da zum Citiren und Auswendiglernen. Der Styl des Verfassers ist nicht der des stubensiechen Gelehrten, der unter seinem Bücherwissen seufzt und stöhnt, sondern der **angenehme und leichte des durch und durch gebildeten Mannes.** Im Uebrigen steht das Buch mit seinen Wurzeln fest **in der Gegenwart** und verdient im edelsten und besten Sinne des Wortes die wahrhafte Grundlage einer Naturphilosophie zu heissen."

Frankfurter Zeitung 1870, Nr. 93: „Wiederum hat das Räthsel des Daseins, welches zu allen Zeiten die besten der denkenden Geister beschäftigte, eine neue Lösung gefunden, und zwar eine Lösung, welche die höchste Beachtung verdient, da sie an **Tiefe und Originalität** des Grundgedankens den hervorragendsten aller bisherigen philosophischen Systeme nicht nur ebenbürtig ist, sondern dieselben an wissenschaftlicher Begründung weitaus übertrifft, mehr noch als dies aber auch von der höchsten **ethischen** Bedeutung ist. — Die Verkündigung des Dogma's von der welterlösenden und befreienden Kraft der Arbeit und Thätigkeit, der vollen Hingabe an das Leben der Menschheit ist es, welche der Philosophie des Unbewussten einen **sittlichen Adel** verleiht, der ihr ein für allemal einen **Ehrenplatz** in der Philosophie aller Zeiten sichert. Nicht die Entzweiung, wie eine gedankenlose und oberflächliche Kritik behauptete, sondern gerade die **volle Versöhnung mit dem Leben** predigt diese Lehre."

Augsburger Abendzeitung 1870, Nr. 65: „Das Werk ist **so geistesfrisch**, keck, anmuthig und unverzagt in Durchführung seiner letzten Consequenzen geschrieben, es behandelt seine dia'ektischen Elemente mit solcher Leichtigkeit und Durchsichtigkeit, es führt uns durch die Hauptprobleme der heutigen Forschung mit solcher Sicherheit und Schärfe in der Hervorhebung der entscheidenden Punkte, es eröffnet einen so weiten Horizont für die Betrachtung, dass seine Lectüre **einen wahrhaften Genuss** gewährt."

Danziger Zeitung 1870, Nr. 5930: „Es ist das Verdienst E. v. Hartmann's, auf den Schultern Meister Arthur's diese Versöhnung der Philosophie mit den allerjüngsten Entdeckungen in allen Zweigen der Naturforschung vermittelt und den Namen der Naturphilosophie wieder so zu Ehren gebracht zu haben, dass nicht nur Fachleute auf beiden Seiten sein Werk **mit Jubel begrüsst**, sondern auch den Laien sich der Zugang zu den Weltgeheimnissen durch ebenso bequeme wie weite Propyläen erschlossen hat."

Die **Hamburger Nachrichten 1869, Nr. 239** und die **Münchener Neuesten Nachrichten 1870, Nr. 22** schliessen sich dem Urtheil Rudolf Gottschall's an (vergl. oben S. 3—4).

New-Yorker Union 1869, Nr. 47: „Der geniale Verfasser versteht es meisterhaft, das Interesse des Lesers von Seite zu Seite mehr zu fesseln, und ihn von Stufe zu Stufe zu führen, man mag folgen wollen oder nicht; denn in dem Masse, in dem man vorwärts schreitet, **steigt auch der Genuss**, und gerade dadurch zwingt er schon den Leser, auch den vorher Ungläubigen, seine Lehren vom unbewussten Willen anzuerkennen. Seine Anschauungsweise ist so klar und einfach niedergeschrieben, und mit so treffenden Beispielen aus dem zum Theil noch unerforschten Seelenleben der Thierwelt erläutert, dass das Werk nicht allein für Gelehrte, sondern auch für Laien von grösstem Interesse ist und zum Denken anregt."

Tages-Presse 1870, Nr. 77: „Bleibt also ein so schöpferischer Geist jederzeit eine interessante, Theilnahme erweckende Erscheinung, so muss sich unser Gefühl der Werthschätzung geradezu zu dem der Dankbarkeit erhöhen, wenn wir dabei eine Leistung gewahr werden, die **so schöpferischer** Art, dass sie neue Gedankenbahnen zu eröffnen und den Kreis der menschlichen Einsicht zu erweitern im Stande ist. Eine solche neue Weltanschauung hat uns E. v. Hartmann in seinem epochemachenden Werke „Die Philosophie des Unbewussten" in grossartigen Zügen entfaltet, und bereits hört man in ganz Deutschland nur Eine Stimme der Anerkennung über dieses epochemachende Buch.... Hartmann war nach zwei Jahren das geworden, was sein Vorgänger erst nach vierzig Jahren hatte werden sollen, nämlich ein berühmter Mann; zwei Jahre will aber im literarischen Leben so viel heissen als über Nacht." (G.)

Das Vaterland 1870, Nr. 96: „Um so überraschender muss es sein, dass ein umfangreicher Band mit so abstrusem Titel gegenwärtig in der wissenschaftlichen Welt ein Aufsehen erregt, dessen sich so schnell nach seinem Erscheinen wohl kaum jemals ein philosophisches Werk rühmen durfte. Das Geheimniss liegt darin, dass der Verfasser nicht nur das Gebiet der speculativen Philosophie, sondern auch das der gesammten Naturwissenschaften beherrscht und die Verknüpfung beider, so wie die Behandlung der socialen Probleme in einem Styl von so gefälliger, pikanter und fesselnder Form darstellt, wie man ihn unter den Philosophen bisher nur an Schopenhauer kennen gelernt hat."

Pester Lloyd 1870, Nr. 31: „Endlich — ihrer wahren Aufgabe und Bedeutung mit vollem Bewusstsein und ganzer Kraft entsprechend — sammelt die Philosophie die socialen, naturwissenschaftlichen, ethischen und mystischen Probleme dieser Zeit zu einer harmonisch ineinander greifenden gewaltigen Symphonie in E. v. Hartmann's Philosophie des Unbewussten, deren von Klarheit und Verständlichkeit leuchtende Form, pikant, unterhaltend, geschmackvoll, in dieser Beziehung ein Seitenstück zu Mommsen's römischer Geschichte, nicht minder als der Inhalt **mit göttlicher d. h. genialer Unmittelbarkeit aus dem Gehirn der Zeit hervorsprang.**"

Die Presse 1870, Nr. 12: „Das Alles aber hat der Verfasser gethan und in einer selten klaren, geistreichen und doch wissenschaftlich tiefen Weise sein Buch geschrieben, dass es nicht zu verwundern ist, **dass er allenthalben als Denker ersten Ranges begrüsst** wird und sich mit einem Schlage die allgemeine Anerkennung erworben hat. — Wir verweisen nochmals auf das Werk; man lasse sich die Mühe nicht verdriessen, **die grösste literarische Erscheinung des letzten Decenniums** aus eigener Anschauung kennen zu lernen."

B. A-r.